石桥集

安徽师范大学中国诗学研究中心资助项目

张应中 著

江西教育出版社
·南昌·

赣版权登字-02-2023-386
版权所有 侵权必究

图书在版编目（CIP）数据

石桥集 / 张应中著. —— 南昌：江西教育出版社，2023.10
（中国当代学人诗词选集 / 钟振振主编）
ISBN 978-7-5705-3878-2

Ⅰ.①石… Ⅱ.①张… Ⅲ.①诗词-作品集-中国-当代 Ⅳ.①I227

中国国家版本馆CIP数据核字（2023）第188927号

石桥集
SHIQIAO JI

张应中 著

江西教育出版社出版
（南昌市学府大道299号 邮编：330038）

各地新华书店经销
江西赣版印务有限公司印刷
787毫米×1092毫米 32开 5.375印张 83千字
2023年10月第1版 2023年10月第1次印刷

ISBN 978-7-5705-3878-2
定价：45.00元

赣教版图书如有印装质量问题，请向我社调换 电话：0791-86710427
总编室电话：0791-86705643 编辑部电话：0791-86705903
投稿邮箱：JXJYCBS@163.com 网址：http://www.jxeph.com

总序

诗词何物？天地其心。发自性情，形诸歌咏。言志则乘风破浪，抒怀亦吐蜃成楼。读十万卷书以走马光阴，追五千年史于飞鸿影迹。梦笔生花，借以干乎气象；挦云拭月，得其助于江山。若长松与老柏，铁干铜柯；暨黄菊兮绿梅，春酚秋馥。怪力乱神，子之不语；兴观群怨，予或能为。乃有专攻术业，余事诗人。偶尔操觚，居然成帙。各精铨以诚恳，皆煞费其踌躇。碧桃红杏，元非栽天上云霞；跻圣谪仙，亦只食人间烟火。情钟我辈，肝肠岂别于邻家；友尚古贤，流派何分乎学院？虽然，腹笥果丰，出言尤易；舌苔稍钝，入味孔艰。吞囫囵于汗漫，百度凭他；化腐朽为神奇，六经注我。书说郢燕，美学何妨接受；薪传唐宋，神思即畅交通。树异军之一帜，倡实皖南；市骏骨以千金,伫空冀北。东海珠珍,勤网罗而有赖;西江月皎,长照耀以无亏。忝窃主编,愧难副望。聊为嚆引,以当嘤求。

癸卯夏至前三日,南京钟振振撰

目录

总序

二〇〇六年

题鲁迅故居百草园 / 001

游桂林六首 / 001

忆江南·潜河石 / 003

虞美人·盆栽滴水观音 / 003

二〇〇七年

咏菊 / 004

咏桂 / 004

绿萝 / 005

折梅 / 005

观枫 / 005

戴安澜将军 / 005

嫦娥一号卫星成功绕月二首 / 006

二〇〇八年

小立潜水河边 / 007

昙花 / 007

淮堤柳 / 007

山中湖泊 / 008

七月初六山村入夜即景 / 008

乘飞机 / 008

偶感 / 008

悼念汶川大地震死难中小学生 / 009

西江月·偶遇 / 009

浣溪沙·紫薇花 / 009

二〇〇九年

黄山绝壁 / 010

黄山云海 / 010

六月六日夜大雨 / 010

赭山公园见喜树 / 011

水仙 / 011

读家谱 / 011

登山望潜水河 / 011

山巅远眺 / 012

山顶闻鸡鸣 / 012

偶见一九五六年制五分硬币 / 012

读王广汉著《林散之传》 / 013

二〇一〇年

芜湖观长江 / 014

登天柱山天池峰 / 014

登天柱山一线天 / 014

庐山黄龙寺三宝树 / 015

四月游丫山 / 015

紫藤架下小憩 / 015

山涧夏日 / 015

油菜花 / 016

抱子 / 016

旧上衣 / 016

我观园林 / 016

夏日偶成 / 017

流浪叟 / 017

磨刀叟 / 017

秋日登赭山 / 018

车经怀远县 / 018

庐山三叠泉 / 018

赭麓山亭小憩 / 019

墨西哥湾漏油事件 / 019

忆江南·杨键 / 020

忆江南·樱花 / 020

忆江南·冶父山纪游四首 / 021

浣溪沙 / 022

二〇一一年

咏雪 / 023

垃圾食品泛滥 / 023

读稿杂记四首 / 023

读熊鉴《路边吟草》三首 / 024

《梦苕庵诗词》读后三首 / 025

桃花潭怀李白 / 025

小区晨闻啼鸟 / 025

天问四首 / 026

洒金珊瑚 / 026

亳州曹操运兵道 / 027

大西北戈壁滩二首 / 027

白杨树 / 027

参观敦煌莫高窟 / 028

正月初八喜雨 / 028

读《杨尚模画集》 / 028

游本玉二胡独奏《赛马》 / 029

咏诗二首 / 029

日本震灾 / 030

读《鲍弘达画集》 / 030

二月十五日赏油菜花 / 030

有赠 / 031

清江曲·夏夜 / 031

减字木兰花·放生金鱼 / 031

二〇一二年

芜湖三山矶怀古 / 032

何永沂《点灯集》读后三首 / 032

论苏轼五首 / 033

读周正环编注《历代绝句六百首》二首 / 034

惜春 / 034

自嘲 / 034

咏莲 / 035

咏鹳雀楼 / 035

父母与老屋 / 035

书杜甫诗集后二首 / 036

杜甫吟 / 036

说贪官 / 037

台湾游四首 / 037

赭山景多亭 / 038

临江仙·壬辰年二月初一作 / 039

菩萨蛮·兰花 / 039

浣溪沙·汤池中学八七届同学毕业二十五周年聚会三首 / 040

浣溪沙·孔乙己 / 041

忆江南 / 041

二〇一三年

论芜湖诗人七首 / 042

感事二首 / 044

画像 / 044

握手 / 045

燕巢 / 045

学诗五首 / 045

见人宰甲鱼 / 046

游泾县汀溪 / 046

夏登楚风塔 / 047

江南诗社成立三十周年 / 047

自省 / 047

问月 / 048

香格里拉普达措国家公园 / 048

虎跳峡 / 048

赠方竚老 / 049

悼祖保泉先生 / 049

郑思肖二首 / 049

生查子 / 051

卜算子·夏游乃古石林 / 051

西江月·大理古城 / 051

二〇一四年

珠峰 / 052

哈尔滨建立安重根义士纪念馆 / 052

春雪 / 052

同研究生游西河古镇二首 / 053

香樟叶落 / 053

秋枫 / 053

甲午新正二日繁昌县赤沙河畔晨眺 / 054

人到中年 / 054

神山公园芙蓉湖畔小坐 / 054

春夜卧赭山 / 055

忧愤 / 055

为亡父送灵，时为花朝 / 055

甲午春国内恐怖事件 / 056

马来西亚飞机失联事件 / 056

代日反省侵华战争 / 056

初夏游笑笑翁醉园 / 057

樱花歌 / 057

纪哀 / 058

过河 / 060

菩萨蛮·某乞丐 / 061

清平乐·过旧居 / 061

虞美人·岳西翠兰 / 061

满江红·秋瑾 / 062

贺新郎·咏史 / 062

二〇一五年

大别山鹞落坪三首 / 063

大雪二首 / 064

龚自珍 / 064

题王广画虎图 / 064

乙未人日忆梅 / 065

清明即景 / 065

严子陵钓台 / 065

碧云洞 / 065

龙门古镇 / 066

食苦瓜 / 066

咏巢湖 / 066

题蛙荷图 / 066

贺繁昌诗词学会成立十周年 / 067

赠沈汝葆先生 / 067

赠陶光顶先生 / 067

乙未元日雨水恰雨,次张本应先生韵 / 068

读杜诗 / 068

反腐 / 068

暖冬 / 069

题谢克谦绘兰花 / 069

寿孙文光先生八十 / 069

游昆山镇三公山 / 070

甲午岁末书感 / 070

遣怀 / 071

浣溪沙 / 072

二〇一六年

雾霾 / 073

观柳 / 073

常州人物三首 / 074

废园 / 074

池州平天湖口占 / 075

东至县南溪古寨 / 075

九日作二首 / 075

休宁县石屋坑三首 / 076

九月十一日老年大学授课,时桂花盛开 / 076

早春 / 077

杂感 / 077

蔡锷将军 / 077

盆栽白薯 / 078

报载外国期刊大量刊登中国造假论文 / 078

游青城山 / 078

乙未年岁末书感 / 079

百载诗坛 / 079

缅怀孙中山先生 / 079

癌白菜 / 080

天生 / 080

蜀葵 / 080

辽鹤 / 081

自画像 / 081

丙申重阳芜湖盲校雅集分韵得雅字 / 082

老妪 / 083

卜算子·事故 / 083

二〇一七年

秋柳 / 084

秋荷 / 084

咏柳四首 / 085

咏桃二首 / 085

小区朱顶红盛开 / 086

论诗绝句九首 / 086

西湖荷花二首 / 087

丁酉月夕 / 088

丁酉八月十六夜 / 088

无题 / 088

修车老人 / 088

晨观太平湖 / 089

除夜食圆子 / 089

读王业记先生《听雨庐诗词》二首 / 089

登狮子山,山在铜陵市钟鸣镇 / 090

鸟鸣春 / 090

秋感 / 090

读《船山诗草》 / 091

燕燕诗 / 091

读《整体诗学》呈张兄公善 / 091

五十自寿 / 092

仲春有感 / 092

听涛 / 092

读方竚先生《未藏真吟稿》 / 093

岳西县水畈村,是吾故乡 / 093

鸟向檐上飞 / 093

向长 / 094

东篱采菊 / 094

丁酉人日立春有雨 / 095

晨登赭山 / 095

听李叔同《送别》 / 096

醉后食粥 / 096

卜算子·晨闻啼鸟 / 097

二〇一八年

先君安葬日过旧居二首 / 098

代天台仙子送刘阮下山词 / 098

时间三首 / 099

绝句 / 099

玩手机二首 / 100

观变脸鸟 / 100

绝句 / 100

日记 / 100

巢湖观郁金香 / 101

江南初雪 / 101

暮春游神山公园芙蓉湖 / 101

望星空 / 102

少年游慢·登庐山遇大雾 / 102

二〇一九年

己亥二十四节气（二十四首选八）/ 103

草地 / 105

危房 / 105

梧桐花谷观牡丹 / 105

梧桐花谷观映山红 / 106

咏枇杷花 / 106

颂诗 / 106

亚马孙雨林大火 / 106

铁山宾馆 / 107

皎然诗多咏及陆羽，读之有感 / 107

无题 / 107

采菊 / 108

雾 / 108

枯荷 / 108

读定庵《己亥杂诗》 / 109

己亥夏日游天峡 / 109

登明堂山 / 109

听阿炳《二泉映月》 / 110

读于湖词 / 110

二〇二〇年

桂花 / 112

读史二首 / 112

雨中赏樱花 / 113

庚子春深 / 113

疫情 / 113

春深疫渐消喜题 / 114

夏至 / 114

洪涝 / 115

正能量 / 115

五十有二四首 / 115

游圆明园 / 116

回乡偶书三首 / 117

偶遇 / 118

读丘逢甲诗集四首 / 118

观三峡风景旧照有感 / 119

村姑采茶 / 119

浣溪沙·秋桂 / 120

浣溪沙·农家历书 / 120

摊破浣溪沙·庚子上元避疫居家 / 120

祝英台近·春柳 / 121

二〇二一年

冬柳 / 122

旅舍 / 122

雪后蜡梅 / 122

口罩 / 123

芜湖古城衙署前门 / 123

徐悲鸿《钟馗饮酒》图 / 123

深冬于校园见三叶草二首 / 123

户外谈诗 / 124

炊事 / 124

游奎湖先雨后晴 / 124

梦游火星 / 125

饮食 / 125

雨水后二日游滨江公园 / 125

折兰花 / 126

酒醒 / 126

咏荷 / 126

秋声 / 127

秋色 / 127

垃圾 / 127

杂感 / 128

读《诗经·召南·甘棠》书感 / 128

二〇二二年

读《史记》 / 129

假日读书工作室 / 129

东航飞机失事 / 129

春分日雷雨 / 130

樱花 / 130

问诸生 / 130

题醉虎图 / 130

花草 / 131

黄山迎客松 / 131

登莲花峰二首 / 131

人工增雨 / 132

壬寅中秋 / 132

工作室即景 / 132

壬寅年新正河边小坐 / 132

壬寅年人日大雪 / 133

肩疼 / 133

寿刘学锴先生九秩华诞 / 133

五十五初度 / 134

戒酒 / 134

读《北崦诗词》兼贺刘彪先生百岁大寿 / 134

题叶静先生诗词集二首 / 135

酷暑 / 136

附录
纵横诗话二十九则 / 137

后记

二〇〇六年

题鲁迅故居百草园

菜畦石井貌犹存， 春到园中草似茵。
莫道先生多峻急， 当年淘气亦天真。

游桂林六首

南溪山

双峰飞白立溪边， 望去千年雪未干。
鬼斧工能参造化， 浑如假石冒真山。

普陀灵猴

一去藩篱三十载， 普陀山上度春秋。
灵猴应笑观光客， 尔等何时得自由。

芦笛岩

人称阆苑与仙宫， 百怪千奇各不同。
遥想当年初探者， 可疑身陷魔窟中。

伏波山

伏波一叶似帆船， 泊在漓江几万年。
疑是银河来信使， 为贪山水忘回天。

阳朔

阳朔青山水上浮， 漓江百里映山幽。
方今不见刘三姐， 恍听山歌唱未休。

别桂林

一见钟情似梦中， 相逢相别太匆匆。
归心却羡漓江水， 永绕青山一万重。

忆江南·潜河石

潜河石,磨砺未成型。玉骨犹分山月白,冰肌似染草鱼腥。一段故乡情。

虞美人·盆栽滴水观音

观音犹滴清清水,室纳春光美。奈何数月便枯黄,恰似芭蕉六月忽遭霜。　　抛之屋外随荒草,忽吐新芽小。待张绿叶扇清风,又想搬它回到客厅中。

二〇〇七年

咏菊

一夜西风扫众芳,　黄金铠甲战秋霜。
孤军突破冬防线,　纵死犹闻侠骨香①。

咏桂

开遍瑶林万点黄,　蟾宫粟蕊占秋光。
嫦娥一夜清除后,　零落人间苦又香。

---

① 用王维《少年行》成句。

绿萝

地畔田边为野蔓， 案头清玩胜鲜花。
王侯将相原无种， 芳草萋萋处处家。

折梅

一截黄梅插案头， 清香妆点室中幽。
风霜凛冽荒郊外， 老树新伤口未收。

观枫

首次观光未著霜， 重来枫叶已焦黄。
深情似火燃烧日， 底事奔波底事忙。

戴安澜将军

驱倭御侮度关山， 血沃森林敌胆寒。
但使军威扬域外， 何伤马革裹尸还。

嫦娥一号卫星成功绕月二首

碧海青天岂有神，　嫦娥奔月梦成真。

行程百万三五日，　自此天涯若比邻。

绕月飞行第五名[①]，　深空探测始长征。

蟾宫折桂非吾志，　志在银河以外星。

[①] 2007年11月7日，中国第一颗探月卫星嫦娥一号成功绕月飞行，它使中国成为继美国、俄罗斯、欧盟、日本之后的"月球俱乐部"的第五名成员。

二〇〇八年

小立潜水河边

碧水东流去,　青山扑面来。

悠闲人似鹭,　敛翅立苍苔。

昙花

月色溶溶夜气清,　花开如雪近三更。

今宵且任君相赏,　一到天明便绝情。

淮堤柳

淮河堤畔柳堆烟,　絮似严霜积草间。

偶驻林中听鸟语,　画眉声脆紫边圆[①]。

[①] 紫边,一种小鸟,因腹部两侧各有一绺紫色羽毛,遒鸟老人谓之"紫边"。

山中湖泊

清凉一片豁心胸， 水底云烟叠几重。

碧绿晶莹如翡翠， 鸟声跌落响叮咚。

七月初六山村入夜即景

夜气氤氲影渐灭， 远山成雾近山黑。

虫声如怒掩蛙鸣， 黄金铸就弯弯月。

乘飞机

忽然离大地， 天上一逍遥。

铁鸟身前过， 流云翅下飘。

楼低堆积木， 路曲绕丝绡。

万里图南翼， 翩然不一朝。

偶感

四季如轮转， 人生有几春。

飞花留片影， 化蝶忆前身。

但觉形为幻， 何妨梦当真。

难堪秋忽至， 春梦便成尘。

悼念汶川大地震死难中小学生

楼房垮塌堵呼声, 花季年龄了一生。

课本留名痕历历, 书包失主冷清清。

无瑕理想成尘土, 美好将来化落英。

骤灭生灵如灭蚁, 天公毁物太无情。

西江月·偶遇

那日前排回首,惊看隔座朱颜。相望一笑便凄然,未释眉梢幽怨。　　往事都来心上,灯前月下江干。平安二字到唇边,会散伊人不见。

浣溪沙·紫薇花

敢冒炎威立道旁,英姿勃勃吐芬芳。能消酷暑此风光。　　指触琅玕枝乱颤,风吹翠袖粉微扬。此花原也是红妆。

二〇九年

黄山绝壁

抚树心犹壮，　窥崖我自惊。
鹰翔低见影，　石坠久无声。

黄山云海

绝顶浮孤屿，　苍松着绿苔。
忽闻呼旅伴，　海底有人来。

六月六日夜大雨

暑气跌千寻，　凉氛袭寸心。
哗哗穿夜幕，　习习湿衣襟。

赭山公园见喜树

夹道森然立， 高枝入望迷。
天天惟向上， 遂与白云齐。

水仙

银花翠叶玉无瑕， 雅淡香宜处士家。
不为仙姿偏爱汝， 一盆清水也开花。

读家谱

渊源一脉自延伸， 姓字分明迹已陈。
唤起黄泉尊显贵， 亲人也是陌生人。

登山望潜水河

如带潜河一望中， 滩声隐约顺天风。
青山毕竟难遮阻， 曲折迂回总向东。

山巅远眺

群峰环列似围屏， 放眼无垠万叠青。

思绪渐随飞鸟远， 一山相送一山迎。

山顶闻鸡鸣

独立山头我是峰， 身边相伴数株松。

云封雾锁来时路， 不阻鸡鸣上九重。

偶见一九五六年制五分硬币

勿言分币太区区， 五十三年价自殊。

此日商兴轻角票， 当年货短较锱铢。

轮经岁月磨边齿， 面去尘污见旧图。

莫道五分盐两碗， 如今能买一针无。

读王广汉著《林散之传》

吾读散翁传,　心中多感兴。

如何一乡儒,　造诣臻化境。

诗画世难匹,　书法称草圣。

天分作根基,　名师指路径。

勇于超前贤,　学艺有钻劲。

曾作万里游,　山川启灵性。

衰年能变法,　那顾身有病。

更念品高洁,　不听倭奴命。

忧国复忧民,　牛马江浦令。

风范长江水,　精神石塔杳。

一生颇传奇,　传记皆反映。

吾欲学诗书,　散翁是明镜。

二〇一〇年

芜湖观长江

雪水下高原， 滔滔东入海。
中江折北流， 大势终不改。

登天柱山天池峰

未雨苍松湿， 攀崖磴道穷。
眼前飞白雾， 耳畔响天风。

登天柱山一线天

面壁应长叹， 扶栏怯一观。
罡风吹急雾， 凛凛袷衣寒。

庐山黄龙寺三宝树

树底苍苔厚，　云间绿叶深。
相逢惊古貌，　恍见六朝人。

四月游丫山

满目玲珑石，　天然费品量。
赏花归去晚，　衣染牡丹香。

紫藤架下小憩

清风冉冉来，　绿意纷纷下。
依约有余香，　紫藤花已谢。

山涧夏日

木叶侵衣绿，　菖蒲扑鼻香。
水流深壑静，　鸟语一山凉。

油菜花

夺目金黄灿若霞， 江南江北望无涯。
论功更欲香人口， 直是中华第一花。

抱子

抱子凉床自客厅， 怕惊儿梦保平衡。
回思父臂真安泰， 我故酣眠眼不睁。

旧上衣

破布寻来手一挥， 荆妻接了擦窗扉。
忽然怪道真愚笨， 此是孩儿旧上衣。

我观园林

老树开花无丑枝， 无花只叶亦风姿。
不堪入目知何处， 一自挨刀著剪时。

夏日偶成

蝉噪江城不忍听， 闭门消暑读心经。

解犹未解当窗望， 狮子山头一片青。

流浪叟

老叟拖家业， 三轮任逗留。

妻肥呆一塔， 女瘦乱双猴。

未免耽情欲， 终当作马牛。

飘零何所往， 天地自悠悠。

磨刀叟

过街穿巷叟， 吆喝调悠扬。

一凳担风雨， 孤身阅暑凉。

锵刀刀削铁， 磨剪剪生光。

但得全家食， 何辞走异乡。

秋日登赭山

赭山秋色好，　快意一登临。
曲径迷黄叶，　幽林悦鸟音。
塔高风飒飒，　江远霭沉沉。
大美充天地，　无言得我心。

车经怀远县

车经怀远县，　触目是丰收。
顺路铺黄豆，　沿街卖石榴。
田原余秸秆，　玉米灿阳秋。
愿借梵高笔，　临摹此画图。

庐山三叠泉

峭壁森严势欲围，　泉开缺口万珠飞。
汇成三叠崖增险，　况值连阴雨助威。
动地惊天声似吼，　粉身碎骨死如归。
凭栏顿觉精神爽，　那管风凉雾湿衣。

赭麓山亭小憩

赭山东麓每经过，　夏日风光幻绿波。
声爱白头翁宛转，　叶怜乌桕树婆娑。
光移石凳生凉意，　影度飞檐黯女萝。
小卧山亭临闹市，　终无一梦到南柯。

墨西哥湾漏油事件

墨西哥湾海无际，　一朝烈焰腾空起。
浓烟滚滚直冲天，　道是油喷从海底。
日漏原油桶五千，　随潮浩荡几万里。
空中鸥鹭已绝踪，　油污之处鱼全死。
月夜鲛人声呜呜，　龙王海若吁黑气。
寰球人心系海湾，　沿海居民迁异地。
肇事公司忙补牢，　油漏一月仍未已。
敢问公司欲何求，　海底疯狂掘石油。
冒险措施无保障，　钻井平台天天抽。
打开地狱出魔鬼，　天昏地暗声啾啾。
前车之鉴浑忘却，　至今不过三十秋。
开采地球无穷已，　小家欢喜大家愁。

自然警告连连发， 生存环境足堪忧。

但愿引此以为戒， 勿使蔚蓝星球变作黑星球。

忆江南·杨键

真居士，得道在修行。室内炉香烟袅袅，庭前修竹叶青青。日日拥书城。

忆江南·樱花

樱花美，红白万千重。疑见裙衫光烂漫，似闻环佩响丁东。香气有无中。

忆江南·冶父山纪游四首

实际禅寺

禅寺好,相映冶山深。万世如来呈异彩,千年榉木贮清阴。诵佛作潮音。

冶山蝉鸣

山路上,知了闹翻天。教外别传浑不管,滔滔说法舌生烟。大似野狐禅。

欧峰远眺

欧峰顶,心境豁然开。绿野纵横沉暮霭,青山罗列似群孩。送爽好风来。

伏虎寺梓树

悬豆树,叶大得清凉。不是菩提勤护理,佛恩还似母恩长。禅院比家乡。

浣溪沙

一

一度思量一惘然,青春作伴武陵源。清游惟剩忆从前。　　两岸桃花香阵阵,九湾溪水响潺潺。当时不道赛神仙。

二

芳草罗裙处处怜,娇莺轻燕语缠绵。迷离蛱蝶戏花间。　　梦里难寻欢喜地,眼前仍是奈何天。幽怀渺渺似春烟。

三

又到人间四月天,春蚕丝尽百花残。断肠芳草遍江南。　　默想音容痴半日,轻呼姓字至千番。背人倚竹泪潸潸。

二〇一一年

咏雪

六出飞花降九霄， 晶莹无物比妖娆。
洁身好与松为伴， 莫向街头巷尾飘。

垃圾食品泛滥

馒头染色意何如， 菜市常销激素鱼。
食品于今成毒品， 可怜肠胃要钢箍。

读稿杂记四首

帝制推翻尚有痕， 奴才思想植深根。
诗中便见惊人句， 径以皇恩比党恩。

徒观简介是人才，　耀眼光环有一堆。
无奈诗词伧入骨，　教人一读一生哀。

钩章棘句见功夫，　饱读经书獭祭鱼。
中外古今诗一首，　不知药里啥葫芦。

危栏锦字雁孤飞，　蜡烛啼鹃冷翠帏。
但觉眼前生意尽，　惟余斑驳古人衣。

读熊鉴《路边吟草》三首

身遭鬼蜮在人间，　火海刀山数往还。
字字写来都是怨，　劝君莫作打油看。

谈何容易为求真，　敢骂州官敢骂秦。
骨骼崚嶒诗作胆，　中心原自有人民。

议论精深见至情，　绝空依傍出新声。
诗坛幸有搴旗手，　北聂南熊是老兵。

《梦苕庵诗词》读后三首

鹤望当年许霸才[①]，　诗名贯耳早如雷。
梦苕庵内风光好，　不尽奇珍耀眼来。

伤时悯世黄遵宪，　颠沛流离杜少陵。
最是感人罹祸乱，　哀歌唱罢赋西征。

余事为词亦有神，　雄奇俊迈逼苏辛。
刚柔并济书时事，　面貌精神又一新。

桃花潭怀李白

一日追寻太白游，　桃花潭水水边楼。
斯人已去诗长在，　不尽清溪万古流。

小区晨闻啼鸟

婉转枝头自在鸣，　教人一日一新生。
侵晨不觉红尘浊，　大地山河一味清。

---

① 金天羽，字松岑，号鹤望，近代著名诗人，曾为《梦苕庵诗存》作序，有言："仲联勉乎哉！异日者，图王即不成，退亦足以称霸。"

天问四首

地球
坐地日行八万里， 居然未觉地回旋。
众生遍布星球上， 为甚无人说倒悬。

空间
人类生存亦偶然， 行星一粒太空悬。
太阳系外银河系， 河外无边是有边。

时间
瞬间相接是绵延， 孔子曾经叹逝川。
过去将来都不见， 云何笔直云何弯。

进化
进化今从达尔文， 猿猴本是我前身。
为何世界文明史， 未载猿猴正变人。

洒金珊瑚
矮木丛生老树阴， 枝繁叶茂绿沉沉。
难闻气味真如秽， 却闪油光点点金。

亳州曹操运兵道

青砖地下筑长城， 过海瞒天好运兵。

莫怪阿瞒多诈术， 英雄几个是清明。

大西北戈壁滩二首

零星点缀沙中草， 起伏荒凉望里山。

不是沿途牵电线， 几疑回到亿年前。

万里行程到北疆， 黄沙黑土望茫茫。

生机只在蓬和刺①， 敢与炎威较短长。

白杨树

青枝绿叶站成行， 藐视风沙挺脊梁。

纵使干枯余白骨， 依然剑气指穹苍。

---

① 蓬和刺，指蓬草和白刺、骆驼刺。

参观敦煌莫高窟

峭壁悬崖石窟开， 千年宝库叹奇瑰。

藏经洞口沉吟久， 强盗先来我后来。

正月初八喜雨

欣看云漠漠， 好雨至千乡。

雾里珠生树， 风中水满塘。

暗闻春麦绿， 似见菜花香。

润物何辞冷， 侵人亦不妨。

读《杨尚模画集》

眊叟耽山水， 丹青夙有缘。

诗清饶画理， 墨老尚天然。

人在荆关后， 神追韦孟间。

烟霞生纸幅， 恍若出尘寰。

游本玉二胡独奏《赛马》

琴弦何激越， 一听长精神。

草绿生天末， 风高骋马群。

调随心变化， 弓是手延伸。

曲罢余音在， 雷声起四邻。

咏诗二首

罢写新诗写旧诗， 年将四十始为之。

人言烈士身虽老， 我在中途事岂迟。

广涉前贤非厚古， 自摅胸臆不趋时。

黄钟瓦缶终须辨， 万籁天然最足师。

豪华落尽见真淳， 敝帚由来只自珍。

懒向名场争利益， 且凭花草寄精神。

诗心敢效中天月， 世事常牵小我身。

酒后茶余供一笑， 区区不足道酸辛。

日本震灾

地裂烟腾浊浪飞，　天灾人祸并相摧。

屋倾海岸家多毁，　核漏东京势可危。

助日捐资看此际，　侵华黩武忆当时。

剧怜震害伤亡甚，　辐射千秋又怨谁。

读《鲍弘达画集》

名师造化两相亲，　一画黄山便入神。

笔走龙蛇松与石，　墨留虚白水兼云。

雄浑腕底生丘壑，　俊逸襟前绝俗尘。

一艺传承非易事，　新安有幸得斯人。

二月十五日赏油菜花

阴云漠漠雨迟迟，　拂面清风缓缓吹。

杨柳堤边黄惹眼，　斑鸠声里绿沾衣。

温香可辨来何处，　秀色能餐独我知。

久坐花间消百虑，　人生最恋是春时。

有赠

楚地佳人美且都,　春华寂寞古城隅。

心陶万物言无碍,　腹蕴诗书气自殊。

野谷香清兰有泽,　大洋水苦蚌含珠。

相期只待狷狂客,　毕竟人间德不孤。

清江曲·夏夜

夏夜深浓似酒醇,虫声如怒复如焚。数萤度阁清箫远,星落长空月堕云。　　良宵一去无由得,千山万水年年隔。必作四海浪荡人,怜取当窗好颜色。

减字木兰花·放生金鱼

总难呵护,不忍生灵今又误。买自渔场,与子商量放大江。　　摇头摆尾,迅入苍茫无尽水。且莫担忧,此物应能搏激流。

二〇一二年

芜湖三山矶怀古

三山夹里碧波澄， 入夜楼船万盏灯。
岁月迁流江北转， 只今惟见数峰青。

何永沂《点灯集》读后三首

妙手回春不为名， 诗心一例系苍生。
医余冷眼观尘世， 看透人间大病情。

思深语妙去温柔， 爱发牢骚爱打油。
最是诗中饶正气， 泰山压顶不低头。

读遍前贤万卷书，　拈来字字是玑珠。
诗多櫽括翻新意，　集句成联亦自如。

论苏轼五首

李杜光辉与日侔，　东坡另帜耀高丘。
别开生面施才学，　径达诗中第一流。

妙把西湖比西子，　奇将野火作红裙。
天才譬喻闲拈出，　绚烂缤纷矫不群。

铜琶铁板大江东，　豪放词开一代风。
突破樊篱增气象，　篇多婉约亦英雄。

风行水上自成文，　姿态横生意所欣。
看取官亭记喜雨，　高怀忧乐与民分。

沉浮宦海究为儒，　释道相邻德不孤。
九死一生终坦荡，　清风明月与之俱。

读周正环编注《历代绝句六百首》二首

眼光如炬手来擒， 又见蘅塘退士心。
千载前通千载后， 高山流水赏知音。

清词丽句耐沉吟， 绝艺相传自古今。
不尽花香兼鸟语， 风光一路似山阴。

惜春

桃杏花开各有姿， 三春过后尽成泥。
一生好处君须惜， 最是年轻貌美时。

自嘲

他人吹捧我随声， 宴罢归来忽自惊。
早厌千年官本位， 居然酒后也多情。

咏莲

池有田田叶，　精神便不同。

红香招远蝶，　绿影酿清风。

品著周文后①，　禅参佛座中。

莲心驱毒火，　胜住水晶宫。

咏鹳雀楼

鹳雀楼何峻，　停云手可招。

黄河奔大海，　白日度中条。

邈矣关山鼓，　雄哉世纪潮。

兴亡多少事，　崛起看今朝。

父母与老屋

居巢自垒度光阴，　遍受霜欺雨水侵。

黑瓦墙头陈藓厚，　青砖灶口损痕深。

门窗黯淡双亲眼，　父母龙钟老屋心。

雏鸟翼丰飞去早，　阶前梧木已千寻。

---

① 周文，指周敦颐《爱莲说》。

书杜甫诗集后二首

未显声名职亦卑，一心长系国安危。
黎元遇暴诗多苦，烽火连天泪暗垂。
广厦能教寒士喜，敝庐何虑自家悲。
孤舟老病湘江上，整顿乾坤诉与谁。

大笔如椽迈古贤，驱罗万象入诗篇。
山河影叠胸中溢，社稷忧深梦里牵。
炼句锤词惊俗目，呕心沥血动苍天。
吟坛万古风云涌，泰岱巍巍矗眼前。

杜甫吟

学力天才一并收，淋漓笔墨耀千秋。
遭逢国难刚肠结，叹息民穷热泪流。
艺纳百川成大海，身飘三楚托孤舟。
直言诗是吾家事，葆此情怀气自遒。

说贪官

未必当初是只狼， 因将百姓作羔羊。

贪心不足蛇吞象， 妄念频生鬼打墙。

位上恃权称党国， 狱中无脸见爹娘。

人间有物君须愧， 朵朵莲花出水香。

台湾游四首

日月潭

豁人心目水漫漫， 万里南来仔细看。

一岛居中分日月， 群山合外束波澜。

灵芝独采经商易， 野鹿曾传猎物难。

永葆潭清风物美， 天光云影共盘桓。

阿里山

千年桧木有仙姿， 长在深山久未知。

密叶穿云风浩荡， 枯桩生藓雾迷离。

恍闻斧锯谁戕树， 忽见倭人自立碑。

阿里山姑如涧水， 文明风气莫横吹。

台岛东岸观光

无限风光似画图， 后山洋岸变通途。

连云嶂壁青遮树， 触石波涛白耀珠。

润洁山中生翡翠， 玲珑水底富珊瑚。

天然宝岛心长系， 大陆东南海一隅。

台湾导游阿杰

相陪八日足精神， 宝岛环游分外亲。

舌吐波澜涵万象， 胸怀友爱暖三春。

奇观善解言无碍， 妙响能摹调逼真。

饱览风光归去也， 天涯遥念一家人。

赭山景多亭

忽记景多亭， 夏日风光美。

行至赭山腰， 亭隐浓阴里。

匾额字犹存， 石桌已全毁。

断瓦生荆榛， 裂柱缘虫蚁。

忆昔读书时， 捧卷偶至此。

又或与同窗， 饮酒论山水。

好鸟鸣树间， 清风四面起。

转眼廿余年，　光阴去如矢。

景物未全非，　难与当初比。

他年倘再来，　或恐成遗址。

临江仙·壬辰年二月初一作

去岁寒威犹在,朝朝苦雨凄风。楼台雾锁树迷蒙。花朝看已近,归燕尚无踪。　　天气每违人意,东君不改初衷。雷霆今日起苍穹。红含梅萼里,绿孕柳丝中。

菩萨蛮·兰花

高山峡谷生瑶草,盆栽箭蕾春来早。不雨即阴霾,凄凉花未开。　　开门香扑鼻,想象心欢喜。难得见阳光,清芬何渺茫。

浣溪沙·汤池中学八七届同学毕业二十五周年聚会三首

一

昔日同窗聚眼前,称名忆得旧容颜。齐邀师长共联欢。　　一醉方休歌午夜,再逢怕已过中年。从今往后更情牵。

二

旧地重游到校园,梧桐叶老鸟声喧。读书窗下忆当年。　　大厦新添乡径外,梨园渐失小山边。风光虽异亦欣然。

三

瀑布深藏大别山,导游一路学方言[①]。乡音逗引笑声甜。　　忽见晴天飞雨雾,惊呼皮艇下河滩。为贪清景久流连。

---

① 导游小姐为重庆人。

浣溪沙·孔乙己

黄酒茴香唤柜前,随声排出九文钱。惟他站立着长衫。　　盗窃诗书终折腿,爬行尘世有谁怜。可能久不在人间。

忆江南

壬辰深秋,芜湖诗词学会组织赴琅琊山观光,余独行颇远。

琅琊好,野趣是天生。杂木葳蕤藤偃蹇,苍崖陡峭石纵横。此路少人行。　　翻上岭,来到听风亭。耳畔林涛如海啸,空中落叶似花倾。此境几人经。

二〇一三年

论芜湖诗人七首

一[①]

桐城子弟渡江来, 雨打风吹骋俊才。
九十登高舒望眼, 万千诗料入襟怀。

二[②]

万象缤纷例可吟, 灵丹一粒铁成金。
闲吟亦得真滋味, 野栗包涵赤子心。

---

① 此论刘彪,其著有《北峡诗词》。
② 此论刘珍明,其著有诗集《野栗闲吟》。

三[①]

派右肢残事已奇， 妻离女病痛何之。

先生不幸骚坛幸， 血泪凝成一卷诗。

四[②]

居家审稿一年年， 白首筹资且化缘。

竭虑殚精终不悔， 传承爝火作中坚。

五[③]

吟诗岂止未藏真， 心有灵犀句便新。

执笔为鞭鞭丑恶， 趋时媚俗耻为邻。

六[④]

学苑诗风雅且淳， 承前启后赖斯人。

浑忘老病频挥麈， 力拂诗坛万斛尘。

---

① 此论刘振亚，其著有《独臂翁诗存》。
② 此论吴季华，其曾任芜湖诗词学会会刊《滴翠诗丛》主编。
③ 此论方竻，其著有诗集《未藏真吟稿》。
④ 此论孙文光，其著有《天光云影楼诗稿》。

七[①]

畴人自古少诗人，　古月斋诗别有神。
文理分工兼合作，　一般精准一般新。

感事二首

宣传竞赛费沉吟，　上网人多脸贴金。
莫怪金光都是假，　乌纱稳保便开心。

于今赛事不由人，　组织要求孰敢嗔。
画画勾勾争作秀，　公开造假假成真。

画像

画像镶框颇费功，　新官脸上抹桃红。
遥瞻马屁无缘拍，　但表奴心一片忠。

---

① 此论胡炳生，其著有《古月斋诗词选》。

握手

那管高官指已麻，　争相握手笑如花。
蜻蜓点水恩无限，　他日人前大可夸。

燕巢

春营旧垒燕双栖，　夏至雏儿羽未齐。
底事妨人巢再毁，　害他辛苦又衔泥。

学诗五首

学诗浑似学参禅，　面壁覃思若许年。
造语天然能有几，　不成人力胜天然。

学诗浑似学参禅，　李杜高风万古传。
郊岛未攀旋自得，　何如蛙坐井观天。

学诗浑似学参禅，　万象纷纭断又联。
思想言辞常互搏，　和谐安稳便堪传。

学诗浑似学参禅， 心有灵犀口莫传。
不见苗增苗自长， 他年松柏势摩天。

学诗浑似学参禅， 流水行云有几联。
情理浑融通直觉， 拈花微笑绝言筌。

见人宰甲鱼

似听无声喊， 屠夫不皱眉。
钢刀深切割， 躯壳渐分离。
忍见生灵死， 因思佛祖悲。
反躬常自问， 肉食究何为。

游泾县汀溪

驱车三百里， 览胜大山中。
水漱玲珑石， 潭生骀荡风。
缘溪槐树古， 挂壁杜鹃红。
处处天然画， 都教俗念空。

夏登楚风塔

宝塔湖边起， 烟波一望中。

青林萦旷野， 白鹭没遥空。

念古情难断， 登高势不同。

炎威欣尽扫， 浩浩沐天风。

江南诗社成立三十周年

校园诗社起江南， 赭麓湖边奏管弦。

雨打风吹三十载， 龙吟凤哕百千篇。

红尘每易侵坛坫， 碧玉终难化雾烟。

后继诸君多努力， 旌旗重整作中坚。

自省

风雨匆匆过暮春， 难如曾子省吾身。

痴心每羡天边月， 避俗难逃世上尘。

一事无成先责己， 多方失利怕求人。

诗情渺渺萦怀抱， 怅触由来只为真。

问月

一似荒凉旧矿山， 谁抛废垒迹斑斑。

多年玉兔逃踪影， 底事姮娥隐素颜。

引水应能栽草木， 调温可否类人寰。

何当再现仙源景， 载酒飞舟自往还。

香格里拉普达措国家公园

万古高原信有神， 山光水色久弥新。

连绵碧草肥牛马， 潋滟清波涤垢尘。

树挂松萝迷乳雾， 花开坡甸落祥云。

人间净土难寻觅， 乍见仙源倍觉亲。

虎跳峡

古道逶迤绕壁行， 峰前隐隐起雷鸣。

刀枪迸击涛声沸， 峭石纵横烈马惊。

汹涌黄流飞峡谷， 青山对峙逼天庭。

粉身碎骨寻常事， 为吐胸中气不平。

赠方竚老

骨峻心宽体不肥，　惯看云卷与云飞。
桐城弋水钟灵秀，　火眼金睛辨是非。
诗思绝尘追骏马，　言辞铸玉有光辉。
行年八十三仍健，　烈日秋深斗紫薇。

悼祖保泉先生

晴空霹雳雨霏霏，　忽报先生驾鹤归。
忆解文心传妙谛，　欣培桃李沐清辉。
门前拱手恭而敬，　赭麓谈诗细入微。
直语忠言犹在耳，　遗编欲读泪沾衣。

郑思肖二首

一

不识所南翁，　诗文今一睹。
人奇事亦奇，　试陈二三语。
亡国若剜心，　翰墨皆悲苦。
终身只宋民，　何惧陷于虏。

不作元朝臣，　绝交赵孟頫。

寄意墨兰图，　叶下无寸土。

《心史》沉井中，　历年三百五。

书生报国难，　惟梦旧天宇。

爱国良足钦，　愚忠未可取。

餐菊复餐梅，　精魂香万古。

二

可叹所南翁，　毕生持大义。

忠孝立其身，　不忘复国志。

《心史》封铁函，　沉哀井中置。

又作《久久书》，　泣血染两眦。

出门则独游，　入门则独睡。

世人以为痴，　容颜颇憔悴。

晚岁画墨兰，　无土寓深意。

心如金石坚，　念念惟一事。

宋亡卅九年，　洒尽孤臣泪。

当时有叛臣，　对此能无愧。

生查子

扁舟入峡迟,月下闻神语。水急浪如吞,风大帆还吐。　　飘来蜀地云,化作巫山雨。忽见楚江开,梦觉天方曙。

卜算子·夏游乃古石林

怪石黑嶙峋,处处惊人目。剑戟森森柱欲倾,鹰虎蹲还扑。　　沧海变桑田,顽石依然矗。四野花开绿叶柔,怜取波斯菊。

西江月·大理古城

背倚苍山云雾,面朝洱海烟霞。城楼雄伟气清嘉,户户银墙青瓦。　　南诏千秋有史,佛都四季开花。民情古朴味如茶,何况风光似画。

二〇一四年

珠峰

积雪千重岭万重, 撩开雾锁破云封。
高原浩瀚根基厚, 造就人间第一峰。

哈尔滨建立安重根义士纪念馆

刺杀元凶事可歌, 免教家国血成河。
阴魂不散今何惧, 毅魄重招侠士多。

春雪

寒潮化雪送冬归, 入水穿林撩乱飞。
已见红梅轻着粉, 更教草绿麦苗肥。

同研究生游西河古镇二首

长堤高坝古楼房， 匾额犹存翰墨香。
斑驳红门封铁锁， 石街无语话沧桑。

西河堤畔菜花黄， 密雨斜侵薜荔墙[①]。
若待他年思往事， 花香人影两茫茫。

香樟叶落

日暖偏偏落叶稠， 香樟不与树同流。
萧萧大有凄凉意， 要在春深味晚秋。

秋枫

傍水依山映夕阳， 一身红艳似新娘。
撩人别有青春味， 不是胭脂是体香。

---

① 用柳宗元成句。

甲午新正二日繁昌县赤沙河畔晨眺

红日熏晨雾,　川原麦酿青。
一天香霭霭,　四野炮声声①。
待客门先敞,　催花鸟善鸣。
牛寻堤畔草,　早晚备春耕。

人到中年

光阴浑似昨,　双鬓已星星。
懒唱新歌曲,　偏忘旧姓名。
思多眠渐少,　事急气犹平。
负轭牛耕地,　无劳叱一声。

神山公园芙蓉湖畔小坐

谷雨天晴际,　湖边草木薰。
鱼腥招野鹜,　藻盛阻波纹。
听鸟情何限,　观山意不群。
槐风吹影淡,　四顾绿纷纷。

---

① 繁昌习俗,正月初一至初三早晚皆鸣鞭炮。

春夜卧赭山

觅趣生奇想,　春深卧赭山。

花边香隐隐,　石上影斑斑。

夜久禽耽梦,　风来树不闲。

机声鸣至曙,　到底在人间。

忧愤

毁景排污数十秋,　战天斗地鬼神愁。

雾霾布阵遮红日,　垃圾成堆傍伟楼。

世上无山供隐遁,　诗中有水幻清幽。

家园不合人居住,　发展腾飞噪未休。

为亡父送灵,时为花朝

锣鼓经声阵阵催,　凄迷魂魄赴瑶台。

先君似语遗容在,　苦泪难宣子女哀。

有限生涯归大野,　无多衣物化飞灰。

春阴漠漠花朝节,　油菜含苞不忍开。

甲午春国内恐怖事件

恐怖昆明事未忘, 惊闻暴力又新疆。

邪门尽出过街鼠, 死士无非替罪羊。

遇难同胞沉怨海, 降魔宝剑亮寒光。

和谐路上须携手, 莫畏山川阻且长。

马来西亚飞机失联事件

无端生死两茫茫, 怪事飞机出马航。

未见京华归旅客, 但闻天鸟坠南方。

搜寻舰艇牵环宇, 出没鲨鲸控海洋。

二百多人谁毁灭, 悲情日夜诉穹苍。

代日反省侵华战争

永忏侵华肆暴行, 生灵涂炭昼冥冥。

天皇口欲吞东亚, 武士刀全嗜血腥。

莫忌邻邦铭国耻, 深防战犯作英灵。

和平共处箴言在, 要向神州再取经。

初夏游笑笑翁醉园

醉园欣作客,　饱览好风光。

半亩盆遮架,　三方树出墙。

金银花馥郁,　芍药叶青苍。

石立形神古,　荷圆意态凉。

拱桥如兽脊,　曲径似羊肠。

造景招蜂鸟,　吟诗入箧囊。

开荒凭两手,　培土越千筐。

笑笑翁犹健,　悠游岁月长。

樱花歌

春分后,　赭山侧。

红如火,　白如雪。

今日开,　明日灭。

况兼春雨又春风,　清明过后杳难得。

纪哀

永忆癸巳冬，　老父忽然殁。

兄长急电来，　闻见哭声烈。

寒夜坐待明，　我胸郁如结。

急急乘车归，　窗外霜如雪。

日午始还家，　门庭皆吊客。

亡父已入棺，　遗容睹一瞥。

日夕送上山，　从此便永诀。

归来陪姑坐，　悲情不能遏。

言及事桩桩，　老少同呜咽。

父本生寒门，　艰难度日月。

无兄亦无弟，　五姊头上列。

年甫及弱冠，　重担一肩接。

儿女忽成行，　一一须养活。

吾母体病弱，　吾家缺劳力。

吾父挣工分，　寒暑无休歇。

习艺善弹棉，　油盐稍补贴。

棉绒侵肺腑，　严冬常咳血。

偶挑山货卖，　结伴趁天黑。

或带糖果还，　兄妹咸欢悦。

吾幼本多病，　挑食常虚脱。

瓜菜艰代粮，当时是"文革"。
包产到户后，衣食粗不缺。
惟供我读书，家中无长物。
况复上高校，几砸锅卖铁。
待吾领工薪，吾父稍得息。
如此十余年，年衰腿病发。
形容日憔悴，一坐自朝夕。
吾兄领吾母，养父是吾责。
无奈予在外，愧未侍亲侧。
遂请人帮佣，日日供饮食。
相安月有余，一朝闹分裂。
父念我花钱，执意自摸索。
兄长早晚来，一冷忽一热。
腊月十三晨，蜷地身瑟瑟。
兄抱父上床，睁眼不能说。
夜起应跌倒，饥寒又交迫。
水米不能进，戌时气乃绝。
暑假吾还乡，陪父居数日。
适从妹家回，拄杖返旧宅。
寸步行何难，欲背亦不得。
时或问媳孙，此外惟默默。

话及身后事，关心是母疾。
安顿吾便走，岂知真失策。
未若来芜湖，殷勤侍病骨。
养亲未及时，后悔复何益。

过河

一九八八岁属龙，暑假悠然探外公。
蝉鸣一路日当空，行至大河渐有风。
河道陡束水汹汹，有父背女背如弓。
失手女落急流中，哎哟叫唤全无功。
田父遥观救无从，百米之外是龙宫。
我卷裤腿欲涉洪，睹此愣却两秒钟。
忽然拔脚向前冲，当时亦未想雷锋。
救起女孩卧石丛，女父称谢泪朦胧。
此际吾觉痛钻胸，脚趾磨破血流红。
欲觅拖鞋无影踪，衣湿心头暖融融。
涉水翻山又一重，渐见外家不老松。

菩萨蛮·某乞丐

飘零辗转身如寄,沿街乞食沿街睡。荏苒度春秋,不忧明日忧。　　朝朝寻破布,垃圾为财富。重担压双肩,可怜行路难。

清平乐·过旧居

屋檐苍老,蛛网知多少。独立门前风悄悄,小径遍生荒草。　　童年旧事尘封,亲人各自西东。忽忆先君形象,油然泪眼朦胧。

虞美人·岳西翠兰

轻纱飘拂朝和暮,大别山云雾。钟灵毓秀产名茶,翠叶舒张精巧似兰花。　　村姑背篓迎春晓,采摘争分秒。一杯待客味无穷,只觉舌生香气腋生风。

满江红·秋瑾

击剑悲歌,巾帼似、须眉侠客。惊四座,辩才无碍,语多叛逆。海上倾囊筹女报,东瀛负笈忧中国。吐心声、慷慨赋诗词,鸣金石。　　民犹睡,天正黑。谋起义,风云急。恨鸿猷未展,血流成碧。星火燎原焚帝制,自由民主潮流激。愿终偿、魂伴好湖山①,山增色。

贺新郎·咏史

岁月无涯际。破昏暝,星星点点,有人钻燧。炼罢青铜还炼铁,锻造铿锵兵器。耗不尽、刀矛戈矢。更上层楼研火药,听隆隆大炮惊天地。攻与伐,叠生死。　　更朝换代无穷已。叹循环、兴亡治乱,例成家事。赫赫秦皇吞六合,霸业终随逝水。看惯了、如流称帝。太息黎元为牛马,总低头辗转供驱使。民做主,幸今世。

---

① 秋瑾墓经多次迁移,今墓在西湖孤山西北麓。

二〇一五年

大别山鹞落坪三首

起伏山如海,　吹襟是绿风。
轻车离火窟,　住到水晶宫。

山头云尽扫,　手可摘天星。
悦耳非丝竹,　虫声间水声。

一关通鄂皖,　两眼望江淮。
绝顶烟尘杳,　松风扑满怀。

大雪二首

玉蕊琼英下九垓， 争先恐后坠楼台。
经时不见山川满， 始叹春深地母怀。

落地无声扑面凉， 天花乱坠势虚张。
金乌照处销陈迹， 恰似黄粱梦一场。

龚自珍

龚子诗篇丽且奇， 自开风气不为师。
珍珠岂是寻常物， 好放幽光照夜时。

题王广画虎图

傲立苍岩四望空， 深山一啸树生风。
但求腹饱无贪著， 不比人间有大虫。

乙未人日忆梅

苦雨绵绵客不来， 抛书负手久徘徊。
寒风冷雾春江畔， 知有梅花烂漫开。

清明即景

斑鸠声里雨横斜， 料峭春寒肃万家。
绿涨如云樟树外， 愁红惨白是樱花。

严子陵钓台

岭色江光一样清， 钓台千古享高名。
游人指点纷如蚁， 几个真能效子陵。

碧云洞

碧云洞里叹天工， 玉柱莲花各不同。
得此珍奇经几劫， 溶岩缘自滴涓功。

龙门古镇

胜迹连珠古镇中, 孙权后代尚遗风。
江南村落寻常见, 一出名人便不同。

食苦瓜

翠绿堆盘味若何, 娇儿举箸又延俄。
区区几片家常菜, 倘比人生苦未多。

咏巢湖

浩渺烟波远接天, 姥山浮翠自年年。
何当买酒扁舟上, 月夜高歌漫扣舷。

题蛙荷图

池边皎皎风荷举, 我自无言蛙自语。
何必招来若许人, 清凉一变为炎暑。

贺繁昌诗词学会成立十周年

兰桂生春谷， 人文底蕴深。

五湖诗会友， 十载木成林。

笔墨长江水， 歌吟大雅音。

峨山青不断， 佳气绕云岑。

赠沈汝葆先生

沈老耽风雅， 渊源自大家。

休文诗有律， 寐叟学无涯。

主事勤编稿， 邀朋细品茶。

隔江传制作， 我赏笔生花。

赠陶光顶先生

陶老精神健， 诗名晚辈钦。

连珠同妙语， 属句有清音。

偶露孩童趣， 犹存记者心。

何当陪骥尾， 赏景陟高岑。

乙未元日雨水恰雨，次张本应先生韵

好雨逢佳节， 潇潇倍感亲。
消尘灯醒目， 润夜草惊春。
已觉东风软， 因知帝德仁。
红梅花怒放， 吐纳气清新。

读杜诗

风云来笔底， 家国系深忧。
锻炼毫无憾， 铺陈第一流。
含悲称野老， 历乱似沙鸥。
字字明心迹， 癯容纸上浮。

反腐

中枢铁腕坚除恶， 马上贪官纷跌落。
正气清风劲鼓吹， 金钱美色曾挥霍。
社多狐鼠早鸣钟， 病入膏肓当下药。
也作歌功颂德诗， 神州喜见今非昨。

暖冬

数九寒天雪尚遥， 洋洋日暖似春朝。

山茶入腊花争发， 杨柳经冬叶未凋。

岂恋风光违季节， 深忧虫豸害禾苗。

环球变态今尤甚， 骂祖儿孙只自招。

题谢克谦绘兰花

一住深山岁月长， 云为帘幕石为床。

月前抽叶风生色， 雾里开花露染香。

缀壁凌虚怀郑燮， 含幽处静赏其昌。

观图我欲忘身世， 逸趣高情接混茫。

寿孙文光先生八十

傲雪凌霜八十秋， 不求闻达自风流。

除瑕铁笔雕金玉， 汲古文光射斗牛。

红烛惯和书作侣， 苍松宁与棘同俦。

长江也祝先生健， 日夜涛声似放讴。

游昆山镇三公山

三春雨后赏三公， 水绕山环望不穷。
一镜涵青高坝上， 数峰凝碧夕岚中。
凌霄竹出尖尖笋， 扑面泉飞淡淡风。
记取昆山无限意， 门前迎送杜鹃红。

甲午岁末书感

甲午年将尽， 回眸感慨深。
崇文修世道， 反腐得民心。
公祭无忘史， 同仇勇对今。
国家航母舰， 宪法指南针。
欣看常态复， 还忧戾气侵。
妖魔时蠢蠢， 霾雾久沉沉。
战火收新鬼， 飞机化怨禽。
何能离苦海， 不忍听哀音。
日月如轮转， 悲欢付酒斟。
古春生旧岁， 沃土待甘霖。
雪后梅含蕊， 风中柳孕金。
三阳迎乙未， 暖日照高岑。

遣怀

中岁颇好诗，　吟哦未暂舍。
倏忽十余年，　精神犹龙马。
天命吾渐知，　诗慕自然者。
繁星耀昔贤，　难追是白也。
恒患业无成，　不患知音寡。
俗世名利场，　谁复重风雅。
我自踽踽行，　人谓我潇洒。
同门缠万金，　我持菊一把。
久厌居红尘，　所思在山野。
何当寄林泉，　风月自堪写。

浣溪沙

一

碧草湖边景色佳,薰风时拂忍冬花。蓦然相遇好年华。　　紫燕衔泥应有梦,浮萍无处可安家。漫随流水到天涯。

二

又见榴花似火燃,津桥水碧柳如烟。春来春去总由天。　　颇醉夭桃红面颊,却看秋色上眉端。深宵梦觉泪痕残。

三

一别匆匆几度春,天台旧迹杳无痕。相亲惟有梦中身。　　倘遇仙姬犹似昔,重提风月只生嗔。刘郎终究是凡人。

二〇一六年

雾霾

树隐烟尘里， 人居浊世中。
青山如有梦， 梦见夕阳红。

观柳

东风轻拂绿云鬟， 欲舞还休意态闲。
我见柔丝心便软， 凡夫难过美人关。

常州人物三首

一 ①

下笔推求一字真， 春光过眼已非新。
江山代有才人出， 此论千年不觉陈。

二 ②

鸾鸟挨饥难远翥， 骅骝失路亦悲鸣。
诗人不幸诗坛幸， 隽语流传见性情。

三 ③

一代天才有是非， 从文从政每相违。
《多余的话》陈心史， 似此真诚世所稀。

废园

断墙藤蔓自纵横， 瓦砾堆中百草荣。
一种荒凉吾最赏， 秋风藤草正盈盈。

---

① 此论赵翼。
② 此论黄仲则。
③ 此论瞿秋白。

池州平天湖口占

三面山光接水光， 碧波闪烁竹苍苍。
停车领略天然景， 向晚湖风阵阵凉。

东至县南溪古寨

黄墙黑瓦古人家， 篱落牵牛处处花。
小巷幽深通底处， 青山一脉势横斜。

九日作二首

堤畔岩边数百枝， 提篮采菊忆儿时。
今朝未睹黄花面， 网上搜寻懒作诗。

烟头掐灭一支支， 正是骚人苦咏时。
笑他九日犹未到， 已赋重阳数首诗。

休宁县石屋坑三首

两岸修篁翠欲浮， 清溪一道贯村流。

银墙黛瓦明如画， 红豆青枫不计秋。

红军驻地屋犹存， 粉壁还添语录痕。

烈士牺牲多慷慨， 青山有幸伴忠魂。

世外桃源何处求， 深山峡谷境清幽。

自从辟作观光地， 便有红歌唱不休。

九月十一日老年大学授课，时桂花盛开

地上橙红树上黄， 丹金粟蕊沐秋阳。

清风打断诗词课， 学子纷纷说桂香。

早春

暖气来天地，　残冬屑乱飘。

脚跟皴劈合，　耳廓冻疮消。

麦绿催诗草，　梅红下幅条。

鸣禽声转脆，　早起唤朝朝。

杂感

尼山应有恨，　伦理事全非。

守信囊终涩，　投机腹早肥。

丰年人食毒，　盛世狗穿衣。

诺诺行天下，　其谁拯式微。

蔡锷将军

革命称神勇，　英名后世钦。

讨袁惊帝梦，　护国得民心。

病骨仍如铁，　高风不慕金。

应悲天失道，　遽使大星沉。

盆栽白薯

白薯新芽出，移栽向小盆。
朝阳藤直立，受水叶趋繁。
只可供清赏，何堪作素飧。
蔓延风日里，野地好生根。

报载外国期刊大量刊登中国造假论文

科研无国界，造假到他洲。
外语搬洋货，刊名炫眼球。
文章非己出，名利得双收。
学海茫茫里，谁人苦作舟。

游青城山

青城山色美，绿意上眉尖。
不雨苍苔滑，无风白雾粘。
玄宫依绝壁，老木护飞檐。
得住林泉里，飘飘数尺髯。

乙未年岁末书感

常将岁月比浮云，　倏又三冬近立春。

恨少悠闲书在手，　愁多忙迫事缠身。

寒潮夺色香樟老，　大厦遮天暖日贫。

孕蕾山茶惟默默，　任他风雨往来频。

百载诗坛

百载诗坛一望中，　西风何苦压东风。

狂批古典凭长舌，　不灭生机住寸衷。

大野偶添芳草绿，　高山常伴夕阳红。

吾侪所学关天意[①]，　阅尽沧桑气更雄。

缅怀孙中山先生

革命先行事若何，　当年慷慨唱悲歌。

勇除黑暗摧专制，　智领潮流建共和。

医国不停寻药石，　忘身已惯住风波。

中华崛起今圆梦，　天下为公路尚多。

---

① 用陈寅恪成句。

癌白菜

又暴农商酿祸胎， 甲醛蘸菜聚成堆。
园蔬未腐人心腐， 天使难来鬼蜮来。
早弃伦常非孔孟， 但抓经济养驽骀。
同胞食毒浑无觉， 念此无言只自哀。

天生

天生不与别人同， 管甚无功抑有功。
万事缠身心郁塞， 三杯落肚气豪雄。
狂飙自起青萍末， 小艇偏宜白浪中。
百载光阴谁可代， 寒冬过了又春风。

蜀葵

每疑仙种下瑶台， 浅紫深红次第开。
粉面含香轻雨沐， 罗裙凝碧暖风裁。
倾阳脉脉应存梦， 学竹亭亭莫染灰。
因念姮娥长寂寞， 荒凉月窟合多栽。

辽鹤

学道成仙后， 辽东念久违。

迎风千里远， 化鹤一朝归。

白羽明华表， 丹砂映彩旗。

亲朋思杳渺， 城郭认依稀。

久暂情原别， 悲欢事已非。

弯弓人欲射， 拍翅我高飞。

嘹唳歌神曲， 飘摇沐夕晖。

灵虚山再返， 桃李正芳菲。

自画像

行年将五十， 白发鬓边生。

辗转心旁骛， 蹉跎业未成。

骚坛聊自悦， 职称任人评。

做饭当包揽， 吟诗要斗争。

难求千载誉， 转慕一身轻。

处世常违俗， 玩牌总不赢。

书为增慧友， 酒作破愁兵。

他日归何所， 家山暮霭横。

丙申重阳芜湖盲校雅集分韵得雅字

盲校值高秋， 凉飔吹大野。
诗家远道来， 快意耽风雅。
吟桂口噙香， 杉林青待写。
焕然房宇新， 境界堪陶冶。
受业众盲童， 当铭谋福者。
鱼知水暖寒， 土旱甘霖洒。
善事自为之， 宏楼添片瓦。
言谈涉此多， 肺腑何能假。
分韵咏重阳， 育苗扶一把。
群贤得句先， 骥尾吾来也。

老妪

清晨菜市边,　卖茄有老妪。

篮中紫间青,　任客自挑取。

一斤售二元,　我挑八两五。

妪言添一根,　摇头我不许。

愿付二元钱,　老妪连曰否。

无法找零头,　少付不须补。

天下正熙熙,　惟利多商贾。

不意市场中,　人心有未腐。

区区数角钱,　可鉴民风古。

卜算子·事故

大道直如弦,车若流星驶。觅食斑鸠在路中,不觉飙车至。　忽地到跟前,拍翅惊飞起。只听砰然撞击声,转瞬斑鸠死。

二〇一七年

秋柳

蛮腰舞已疲， 影瘦山溪水。
风过落青黄， 寒蛩声骤止。

秋荷

散尽众荷香， 一花燃耿耿。
非因后出奇， 不畏秋风冷。

咏柳四首

才黄未绿枝先软，　料峭春寒梢渐暖。
待到山花烂漫时，　飞愁万点无人管。

骀荡东风拂柳丝，　惹人怜似舞腰肢。
亭边又见春波绿，　记否多情顾影时。

骀荡东风拂柳枝，　鹅黄嫩绿一丝丝。
红衣女子牵丝处，　仿佛开帘出阁时。

骀荡东风拂柳枝，　轻烟笼水望迷离。
重来树下生惆怅，　无复青春似旧时。

咏桃二首

溪头花发似红云，　守望秦时一片春。
落英莫便随流水，　怕引渔郎来问津。

花开偏值雨淋淋，　泪染胭脂弱不禁。
一种风情何所似，　怀春少女正伤心。

小区朱顶红盛开

朱顶红谁信手栽，　左边垃圾右尘埃。
青葱叶衬花如火，　不以邻污便不开。

论诗绝句九首

废铜烂铁炼黄金，　枉费青春一片心。
佶屈聱牙书数纸，　冢中枯骨夜沉吟。

力骛新奇越众人，　雕章琢句费精神。
奈何得意夸工巧，　损却当初一念真。

诗未刊登有泪痕，　因愁无脸对儿孙。
主编毕竟心肠软，　代作殷勤慰断魂。

纷纷诸子悦同光，　逆上何曾到宋唐。
落笔已输遗老味，　风骚终隔一重洋。

不求精品但求多，　滑易诗盈斛与箩。
记否乾隆三万首，　方今几句见吟哦。

政治抒情水面沤，当年高唱气如牛。
如今旧体翻新调，语不丢人死不休[①]。

阳春白雪谁同调，下里巴人竞放声。
不学丝簧音婉转，专敲瓦釜作雷鸣。

小学微通故炫奇，不掺僻字不成诗。
清香一碗家常饭，磕破磨牙是碎瓷。

蜡梅从不闹春风，雪兆丰年意便穷。
读罢千篇揉倦眼，诗家面目总朦胧。

西湖荷花二首

三面山光接水光，红花碧叶望茫茫。
西湖六月炎如火，不掩荷风淡淡香。

曲院风荷半掩藏，苏堤西望尽花光。
迷人更在清芬外，脂粉香兼翰墨香。

---

① 用杨启宇先生《鹧鸪天》词句。

丁酉月夕

阴云漠漠未曾消，　月夕风生树动摇。
欲赏蟾光天不许，　鸣蛩声里度深宵。

丁酉八月十六夜

连日阴云酿雨珠，　圆蟾清影忆模糊。
苍生企盼天开眼，　便过中秋月亦无。

无题

只容春鸟庆升平，　不许秋虫断续鸣。
偏是夜深人静后，　鸱鸮笑出两三声。

修车老人

换闸修胎早晚忙，　三轮相伴历风霜。
一从共享单车后，　袖手街边晒太阳。

晨观太平湖

湖面风生肺腑清， 幽林破晓鸟声声。
山思渡水来相晤， 无那云缠不放行。

除夜食圆子

除夜温馨忆昔年， 得餐圆子庆团圆。
无忧衣食今谁顾， 坐抢红包眼欲穿。

读王业记先生《听雨庐诗词》二首

一

秋菊春兰次第开， 青山迤逦水潆洄。
故乡多少佳风物， 都到先生笔底来。

二

胸罗万卷手拈来， 用典如神巧剪裁。
熟处生新新自熟， 天光云影共徘徊①。

---

① 用朱熹成句。

登狮子山，山在铜陵市钟鸣镇

行至清凉寺，　狮峰在上层。

深林难见日，　绝壑只攀藤。

至顶风尤急，　观云石欲升。

人间烟渺渺，　空谷唳雄鹰。

鸟鸣春

草木争荣际，　鸣禽自往还。

呢喃飞柳外，　格磔唤花间。

欲雨声偏急，　初晴意转闲。

当春啼处处，　不用绕弯弯。

秋感

阳乌避三舍，　天末白风吹。

野蔓生趋懒，　哀梨老更垂。

行疑肢脱节，　笑觉脸绷皮。

奇怪高枝上，　无闻聒耳词。

读《船山诗草》

题壁诗名动九州，　少陵《诸将》远相侔。
雄浑力大抟风翼，　俊逸帆轻顺水舟。
万卷罗胸非饾饤，　一官逆志罢沉浮。
梅花八咏真标格，　匹敌无人二百秋。

燕燕诗

罗裳轻束细腰身，　粉色桃花上颊唇。
树上黄莺声婉转，　山间白鹿态天真。
芳心露处羞难掩，　戏语深时笑亦嗔。
无那良宵春梦短，　偶惊风雨便成尘。

读《整体诗学》呈张兄公善

问道中西究是非，　还将风雅作归依。
楼头望月思亲杳，　江畔寻芳化蝶飞。
理路崚嶒山有骨，　言筌隐约玉生辉。
浪淘风簸情弥永，　莫谓知音世上稀。

五十自寿

天命如何未可知， 身为大患实忧之。
咸酸得味牙生洞， 日月磨人鬓有丝。
快意江湖聊斗酒， 痴心文字每耽诗。
百年一例归尘土， 秋月春花赏及时。

仲春有感

倒影差池舞柳条， 风吹麦浪遍芳郊。
樟生绿叶催黄叶， 燕垒新巢傍旧巢。
浮白良宵应有约， 踏青何事未能抛。
春来寂寞书窗下， 读到荼蘼只自嘲。

听涛

普陀山上暂栖身， 远近涛声入夜频。
湃湃层霄倾雨水， 匋匋古道走蹄轮。
深宫龙欲和波舞， 涸辙鱼思与浪亲。
洗亮天光淘尽物， 石礁尤显骨嶙峋。

读方竚先生《未藏真吟稿》

浮词尽扫意翻新， 固守良知自写真。

心远红尘舟一叶， 眼窥黑幕棒千钧。

雷池敢越言无碍， 铁板频敲曲有神。

我慕先生高格调， 开篇便睹骨嶙峋。

岳西县水畈村，是吾故乡

水号天仙下远峰， 青山环护白云封。

茶园曲听空中鸟， 院落香堆岭上松。

逐梦途程曾辗转， 扶犁岁月只从容。

新楼都在清风里， 莫遣尘嚣有影踪。

鸟向檐上飞

有鸟离云岫， 还巢款款飞。

檐间欣可托， 日暮倦方归。

呖呖过空谷， 翩翩沐落晖。

清风来瓦垄， 隐士掩柴扉。

戢羽人初静， 安神夜合围。

深山无世网， 入梦顺天机。

向长

男女成婚嫁， 名山肆意游。
支筇寻五岳， 览胜慰千秋。
水净澄胸次， 峰奇豁眼眸。
烟霞依远树， 猿鸟恋高丘。
情似排云鹤， 身如解缆舟。
蕨薇堪果腹， 岚雾好为帱。
损益原相倚， 存亡莫我愁。
飘然忘岁月， 天地自悠悠。

东篱采菊

渊明秋采菊， 晨起往东篱。
一圃镶金色， 千丛出世姿。
含风香断续， 浥露蕊参差。
地僻喧嚣隔， 花寒蛱蝶遗。
谁人同气节， 隐士悦容仪。
漫摘晴方好， 闲吟意似痴。
悠然山暗处， 倦矣鸟归时。
此夜招田叟， 相倾酒满卮。

丁酉人日立春有雨

越冬似爬山， 今日翻山岭。

无那雨又来， 阵阵阴风冷。

路上少行人， 有人皆缩颈。

立春不见春， 何由赏春景。

冒雨遣愁怀， 我心犹耿耿。

忽见老墙根， 远近生绿影。

复忆园中梅， 红染虬枝梗。

春已到人间， 此意欣然领。

等待亦常情， 春寒寒不永。

晨登赭山

起兴欲登高， 因云天气好。

岁晚上赭山， 苍林迎拂晓。

梅孕点点红， 枝头掠飞鸟。

惜哉歌舞场， 喇叭声扰扰。

狐兔早绝踪， 游客知多少。

不觉至峰巅， 四望尘渺渺。

赭山又如何， 汪洋一孤岛。

寺燃一炷香， 遍山烟雾绕。

何不学昆仑， 高峻出云表。

听李叔同《送别》

悄然听骊歌， 恍见长亭景。

芳草碧连天， 日衔青山影。

把酒尽余欢， 春宵别梦冷。

前贤重友情， 送别情深永。

发而为诗词， 往往入佳境。

非徒怅别离， 此曲叹漂梗。

哀悯久萦怀， 慈悲露锋颖。

我昔闻此音， 莫名喉欲哽。

今朝复一闻， 心亦不能静。

绝响逾百年， 令人发深省。

醉后食粥

宿醒朝未消， 病矣体虚弱。

头晕似乘船， 喉间火灼灼。

肥鲜颇厌闻， 米粥幸已瀹。

色洁性温和， 汁液凝层膜。

一碗足充饥，　不用费咀嚼。

赖此酒能醒，　胜于服汤药。

赖此润喉干，　霖雨降沙漠。

赖此去油脂，　肠胃得自若。

忆昔食粥时，　缘何无此乐。

粥味久回甘，　缘何浑不觉。

必待腻荤腥，　能不生愧怍。

以之喻人生，　几人甘淡泊。

未尝阅荣华，　难以归寂寞。

卜算子·晨闻啼鸟

呖呖复喈喈，婉转闻啼鸟。入牖穿帘脆且清，此际天将晓。　　似听水潺湲，似见云缥缈。似见春山坠落英，只有风来扫。

二〇一八年

先君安葬日过旧居二首

退宅还耕近一年，　枯藤衰草漫相牵。
西南院落当檐处，　剩有枇杷尚蔚然。

夜读书房忆昔年，　先严灯下语相牵。
如今父骨归尘土，　漫对空基欲泫然。

代天台仙子送刘阮下山词

洞口天涯执袂分，　桃花红泪落纷纷。
凭君说尽心中话，　此后相思隔白云。

时间三首

一番风雨送春归，　落尽桃花絮乱飞。
绿叶成阴桃结子，　不堪回首柳依依。

重来旧地感唏嘘，　不独人非物亦非。
映面桃花何处是，　新栽樟木已成围。

月下灯前事早违，　风摧木叶雁高飞。
当初梦里频相见，　二十年来梦亦稀。

绝句

节近春分杂草生，　李花片片逐风轻。
无言我自生欢喜，　又听枝头百舌鸣。

玩手机二首

把玩如同掌上珍，　徒知日夜耗精神。
暂时抛撇还拿起，　万一留言有某人。

袖珍屏幕可通神，　纵隔天涯若比邻。
万众低头堪一笑，　网中长寄梦中身。

观变脸鸟

枝头变脸赏仙禽，　五彩容光浅复深。
猛忆人情翻覆者，　不曾悦目只惊心。

绝句

朝朝七字垒宫墙，　自注滔滔若许长。
诗似颓垣空自诩，　注成裹脚懒婆娘。

日记

云压江城城欲摧，　鸣蝉声里起沉雷。
折腾一阵无声息，　烈日穿云却复来。

巢湖观郁金香

铺成锦缎耀春时，　游客如潮遍览之。
何似地头山谷里，　素心人对两三枝。

江南初雪

冷到黄昏雨渐稀，　琼花碎玉打窗扉。
灯牌笼雾迷红影，　竹木迎风试白衣。
访戴路途何渺渺，　招刘炉火正微微。
天明四顾浑如梦，　化雪成泥事已非。

暮春游神山公园芙蓉湖

莫道青山臂里藏，　芙蓉竟改昔时妆。
四围灌木消丛影，　几地鹃花散异香。
水面禽飞惊泼剌，　波间人泳犯清凉。
欲寻净土知何处，　落日熔金乱闪光。

望星空

尘氛渐退净苍穹, 浩渺星辰望不穷。

迷雾曾遮天黯淡, 智灯频闪梦交通。

心如明镜涵文曜, 身幻浮云走太空。

返顾寰球情更热, 依依只在百年中。

少年游慢·登庐山遇大雾

匡庐云雾发。百态千姿变灭。深壑涛惊,危峰波涌,沧溟阔。花径迷林鸟,瀑布藏天阙。鸾翼凭添,俊游合入仙窟。　　往事何堪说。矜览瑶台风月。咏愧桃源,居惭山墅,批忠烈。愁雨崖边树,破梦人间骨。吐日含鄱,迎来雾消云歇。

二〇一九年

己亥二十四节气（二十四首选八）

雨水

阴云带雨久徘徊，　红白梅花应节开。
料峭春寒风未绿，　斑鸠百舌故相催。

惊蛰

柳透微黄麦返青，　春雷起蛰梦初醒。
轻烟细雨闲皴染，　好借南山作画屏。

春分

堤柳翩翩试绿衣，　郊原桃李斗芳菲。

泥融风暖雕梁静，　但候呢喃燕子归。

夏至

昼长夜短暑方生，　梅雨逡巡意似醒。

何物教人开睡眼，　林间啼鸟两三声。

大暑

汗流浃背浸腰肢，　快意空调霍霍吹。

孰料炎蒸如醉日，　是侬轻易着凉时。

秋分

莲蓬半老叶将残，　玉米经风半死干。

半百人如秋过半，　收成犹得付辛酸。

霜降

落木萧萧冷气吹，　去年秋病却来时。

怜他叶落精神爽，　愧我无能蜕旧皮。

大雪

未见寒冬见暖冬， 花飞六出尚无踪。
苍天纵有怜民意， 不必宽容到害虫。

草地

如茵嫩草绿生光， 点缀银花雨后香。
此地无人风悄悄， 俯身我欲变牛羊。

危房

危房待拆久蒙尘， 粉刷临街一面新。
更补阳台花与草， 知开大会要来人。

梧桐花谷观牡丹

姚黄魏紫值春时， 四面青山远映之。
我赏牡丹真国色， 不因乡野减丰姿。

梧桐花谷观映山红

触目山坡一片红,　纵横密植醉春风。
何如野谷荒崖上,　点缀青葱杂树中。

咏枇杷花

不扬其貌叶犹遮,　淡白香开隔岁花。
一样耐寒梅得宠,　诗家几个赞枇杷。

颂诗

话出真心或有之,　奈何表态总非诗。
看他颂德歌功作,　是我昏昏欲睡时。

亚马孙雨林大火

美洲烟火一团团,　亚马孙河灼欲干。
纵隔中华千万里,　我今呼吸亦艰难。

铁山宾馆

赭山藏馆舍,　草木斗清新。

竹密遮檐际,　荷香近水滨。

惜花蜂缱绻,　迎客鲤逡巡。

来往空中鸟,　鸣飞总避人。

皎然诗多咏及陆羽,读之有感

论交缁素有深缘,　聚散诗情我亦怜。

候馆流连疏雨里,　归鸿怅望古山前。

联吟江左消闲日,　品茗东篱作散仙。

何事高标同傲世,　清茶涤俗自年年。

无题

一番欣喜一番惊,　携手蓬莱缓缓行。

水送桃花春烂漫,　松摇云影石峥嵘。

风光幸与仙人赏,　命运虚同俗世争。

青鸟不曾传信息,　分襟终久意难平。

采菊

云淡天高岁月深，　提篮枵腹采黄金。
怜他野地千丛药，　慰我童年一片心。
但得图书添案几，　不忧花粉污衣襟。
清贫有梦堪回味，　也学诗人子细吟。

雾

轻于蝉翼白于纱，　化片凝团处处家。
笼物山巅成岛屿，　迷人咫尺是天涯。
氤氲渐湿风前树，　隐约曾遮苑内花。
五里朦胧徒尔尔，　百年几度罩中华。

枯荷

入冬斜日映枯荷，　黯淡萧疏败叶多。
残梗都成弯伞柄，　青房早变旧蜂窝。
逡巡野鹜时潜水，　唼喋游鱼偶跃波。
待到清风吹绿影，　田田依旧舞婆娑。

读定庵《己亥杂诗》

甘载京师困大才，　杂诗三百隐风雷。

吹箫击剑情如酒，　选色谈空志未灰。

海内云霾长积聚，　胸中山岳自崔嵬。

落花身世悲今古，　屡见霜侵疾雨摧。

己亥夏日游天峡

峡谷缘溪迤逦行，　蔚然深秀幻阴晴。

崖边树色连天色，　耳畔蝉声杂水声。

挂木苍藤蛇屈曲，　撑空巨石兽峥嵘。

风光更与来春约，　岭上鹃花照眼明。

登明堂山

石壁巍峨耸作山，　三峰错落翠微间。

苍松落日相呼应，　白雾朝霞自往还。

栈道如丝悬历历，　行人似蚁绕弯弯。

登高远眺天穹外，　身在群山第几环。

听阿炳《二泉映月》

蓦地胡琴响，　如闻叹息声。

持弓吟乱世，　移指诉平生。

小巷临风坐，　长街吊影行。

饥寒长扰扰，　日夜只冥冥。

激越腾洪水，　悲酸化落英。

曲终音袅袅，　映月水澄明。

读于湖词

南宋初年金兵迫，　历阳张氏迁为客。

芜湖遂出状元郎，　安国从兹名赫赫。

廷唱高宗称其诗，　召对从容陈对策。

我今披阅于湖词，　一一于中见心迹。

雄图远志荡膻腥，　水调曾歌采石役。

六州歌头何悲慨，　建康留守为罢席。

扁舟一叶过洞庭，　不知今夕是何夕。

胸次旷然咏中秋，　足与坡词称双璧。

情词婉约意缠绵，　人知其好难寻绎。

宛公撰文阐隐衷[①]，　少年情史豁然释。
都云豪放介苏辛，　大手笔自多风格。
或如惊涛出深壑，　或如静练浮天白。
或如绉縠纹清江，　各随其情之所适。
岂但翰墨过于人，　治有政声载史册。
捐田百亩汇为池，　至今陶塘留遗泽。
人中麟凤竟早夭，　用才不尽孝宗惜。
合卷余亦感苍茫，　吴波不动楚山碧。

---

① 宛公，指词学家宛敏灏，有《张孝祥词笺校》等。

二〇二〇年

桂花

金粟向秋明， 幽香千万缕。
无人细品尝， 粒粒皆茹苦。

读史二首

春鸟枝头自啭， 秋虫草际长鸣。
黎氓不比虫鸟， 未敢随心发声。

防川不见长治， 弭谤如何太平。
莫谓火山沉默， 一朝石破天惊。

雨中赏樱花

红霞白雪簇成团, 带露凝香景易残。
一阵风来花便落, 为怜春色雨中看。

庚子春深

欲览春光愿已奢, 红稀风雨又交加。
踏青此季游踪少, 更倩何人赏落花。

疫情

一

新冠病毒大流行, 寰宇频频问死生。
一叶小舟飘浪口, 可怜蛮触正相争。

二

疫情凶猛近春时，　宅在家中似隔离。

路上行人均罩口，　云间造物枉凝眉。

腥氛是敌无烟火，　战阵如林赖护医。

冷雨阴风终有尽，　待看红日映梅枝。

春深疫渐消喜题

湖光依旧晚风柔，　岸柳成阴舞未休。

静看涟漪散开去，　水花溅处反清幽。

夏至

梅子黄时雨水稠，　居然夏至似深秋。

清凉那得生欢喜，　怕有江潮涨不休。

洪涝

江河无数水茫茫， 塑料飘浮到海洋。
鱼鸟多年惊恐甚， 不知何处是家乡。

正能量

美德弦歌理固然， 无名肿毒岂堪怜。
少陵不下忧民泪， 垂范千秋剩几篇。

五十有二四首

行年恰似日过午， 急景不堪从头数。
后半风光未可知， 欣然我自行踽踽。

似他人发上吾头， 两鬓新添几缕愁。
细想不疼还不痒， 管他春夏与冬秋。

可能日久积牢骚，　肚渐丰肥气渐豪。
一事至今差可慰，　区区从未吸民膏。

唇未亡时齿已凉，　不堪回首力铿锵。
从今说话遮拦少，　妄议之言恐不防。

游圆明园

鉴碧亭

岛上巍然矗一亭，　观荷赏柳午风轻。
游人夥矣伤清美，　况听池中喷水声。

福海

景仿西湖绕翠岚，　欲从北国赏江南。
皇家福泽深如海，　惠及民间不二三。

回乡偶书三首

石桥

溪上何年有石桥， 村民传说自清朝。
童年冒险牵牛走， 记得平行是两条。

荞麦花

星星点点秋如雪， 蝶影翩翩亦渺茫。
一事至今浑不解， 儿时花开大且香。

渡口

芦荻萧萧满眼秋， 青山夹岸水平流。
木桥竹筏归何处， 剩有孤墩大石头。

偶遇

得遇江城或有缘，　舟中论艺手曾牵。

他乡邂逅成生客，　回首前尘一惘然。

读丘逢甲诗集四首

倭占台澎屡气腥，　中原北望夜冥冥。

国魂销尽兵魂死，　四海无人慰独醒。

不堪挥涕说台湾，　已破家山梦里还。

卷土重来空有志，　英雄未老鬓先斑。

马关一纸裂金瓯，　孤岛遗民涕泪流。

抗日真能先自治，　义军旧帅亦千秋。

大好台山叹陆沉，　填胸悲愤付长吟。

动人满纸风云气，　中有拳拳爱国心。

观三峡风景旧照有感

大坝拦成水乱旋， 溯江旧迹渺云烟。

襄王梦断迷神女， 望帝魂归泣杜鹃。

播弄河山天亦忌， 忧愁风雨夜难眠。

上方灾害随时降， 下界黎民只自怜。

村姑采茶

日出东南坞， 村姑即采茶。

千株围秀岭， 二月茁新芽。

快摘心尤巧， 轻拈手不差。

清香萦竹篓， 翠色映绒花。

晓露沾衣湿， 春风掠鬓斜。

鸣禽争暖树， 舞蝶惜韶华。

倚仗无他季， 勤劳有自家。

丰收归去晚， 暮霭起天涯。

浣溪沙·秋桂

未至楼前已觉香,瑶枝粟蕊占秋光。寒蛩低唱晚风凉。　　鸟蹴繁英金洒落,月临高树碧苍茫。无人到此一徜徉。

浣溪沙·农家历书

不误农时岁一编,栽瓜种豆又耕田。吾家旧习代相传。　　父昔观书查节气,我今记事度流年。匆匆七载隔人天。

摊破浣溪沙·庚子上元避疫居家

里巷红灯伴寂寥,居家微信祝同袍。欲饮还休诗倦读,甚无聊。　　佳节几曾关户牖,腥氛依旧罩云霄。何日阳回花烂漫,待相邀。

祝英台近·春柳

诉幽情，摅别绪，常见绿杨句。翠袅章台，事涉小儿女。白门灞岸阳关，依依飘拂，几曾挽、离人无数。　　蹈成语。赏玩张绪风流，诗中漫延伫。便拟蛮腰，何不伴歌舞。只因春到尘寰，生成千缕，好领略、惠风容与。

二〇二一年

冬柳

黄叶半凋零，　风中舞未停。

萧萧仍有态，　不见客垂青。

旅舍

先我有他人，　后我有来者。

小住日无多，　去时犹不舍。

雪后蜡梅

疏枝著雪又风干，　玉减香消叶亦残。

久历暖冬俱变态，　梅花今不耐严寒。

口罩

病毒流行近一年，　卫生防疫胜从前。

街头有物聊为证，　口罩时抛马路边。

芜湖古城衙署前门

高台巨石立朝昏，　新漆抬梁掩旧痕。

多少官僚都化土，　巍然不倒是衙门。

徐悲鸿《钟馗饮酒》图

鬼能驱鬼事真奇，　上酒频呼莫敢迟。

底事人间多祸祟，　当班钟老醉迷离。

深冬于校园见三叶草二首

冷日霜天草木凋，　渠边一片绿如潮。

绝怜三叶连成阵，　不畏风寒是嫩苗。

小草鲜妍貌可亲，　朝朝相伴读书人。

严冬一样添生意，　不待东风自作春。

户外谈诗

冬月西坡暖, 论诗赏荻花。

师生言有物, 歌咏思无邪。

草地皆书卷, 人声合物华。

归来风瑟瑟, 日落晚峰遮。

炊事

口腹生之欲, 厨中岁月长。

洋葱同玉紫, 土豆作金黄。

少肉因防鄙, 多蔬各有香。

烹鲜如治国, 治国亦寻常。

游奎湖先雨后晴

清涟接平野, 鸥鹭没烟波。

雨涨侵阶水, 风摇出叶荷。

亭前聊短咏, 酒后复高歌。

霁景饶花草, 湖边受日多。

梦游火星

扶摇我欲向何方，万里荧荧耀赤光。

有约神灵游汗漫，无边土石说荒凉。

将成大国淘金地，似弃多年炼铁场。

回望地球蓝一点，星云终古自茫茫。

饮食

箪瓢无复虑虚空，饮食安然只梦中。

买肉常遭多处紫，烹虾徒忆昔时红。

于今猫狗牙都软，在世官民肚渐丰。

仓廪实缘抛礼节，普天之下乐融融。

雨水后二日游滨江公园

雨水刚过不觉寒，兴来观景到江干。

迎风绿柳丝长舞，映日红梅味带酸。

云淡天高鸢影小，花繁叶嫩鸟声欢。

滔滔碧水情无极，浪卷春泥欲上滩。

折兰花

棘畔亭亭折一枝， 插屏三日渐蔫垂。

芳容黯淡春无奈， 秽气氤氲孰可悲。

信有红颜成薄命， 应愁青眼变横眉。

天然好处君须惜， 况值生机勃勃时。

酒醒

华胥国里漫游回， 远听鸠鸣醉眼开。

天色未能分早晚， 芸窗依旧对楼台。

山中磊砢松多节， 席上淋漓酒一杯。

故我新吾谁是主， 今生今世费疑猜。

咏荷

荷柄青青有短长， 荷花红白一般香。

秋藏莲实心尤苦， 身处菱湖暑自凉。

得道濂溪为友伴， 衔冤屈子作衣裳。

朝来野鹜声相应， 恋此清新水一方。

秋声

雁唳长空月色寒，　萧萧落木下千山。

枝头寂寞蝉无影，　涧底淙琤水失颜。

作赋欧阳心未老，　悲秋宋玉鬓应斑。

凄凉况味堪消受，　蟋蟀宵鸣草野间。

秋色

夏日红光变白光，　商飙起处草先黄。

停车岭上枫如火，　把酒篱边菊有香。

短笛三声露摇落，　故人千里月苍凉。

斑斓落尽余松柏，　晚翠含云岁月长。

垃圾

资源浪费只寻常，　垃圾如今大扩张。

火箭残抛玉皇殿，　鲸鱼垂死太平洋。

不知荧惑居何日，　久住寰球是故乡。

更有灾梨非一事，　清污谁扫烂文章。

杂感

蝶梦醒时万事轻，心为形役究何成。

彼皆欲得偏难得，是以不争无与争。

草际鸣虫方有味，笼中啼鸟自多情。

试看峰顶人如堵，我独山腰缓缓行。

读《诗经·召南·甘棠》书感

昔日岐山下，有树名甘棠。

老干欲参天，枝叶色苍苍。

似盖遮风雨，如伞避炎阳。

召伯巡乡邑，布政佐成王。

曾憩于浓荫，听讼作公堂。

斯人虽云逝，其德民难忘。

睹物即思贤，枝条不忍伤。

为之发歌咏，低回赋三章。

爱屋而及乌，读之味深长。

后之效法者，作意谀上方。

无诗附风雅，无树可观光。

立碑书大字，某某驻足场。

二〇二二年

读《史记》

兴也在朝廷， 亡也在朝廷。
兴亡多少事， 纸上寂无声。

假日读书工作室

空调伴读书， 斜日西窗静。
纸上漾清光， 风摇乌桕影。

东航飞机失事

藤县春光似昔时， 一声巨响九州悲。
山花烂漫何心赏， 机毁人亡两不知。

春分日雷雨

春雷起蛰出深窝,　冷雨浇停水上歌。

进退青蛙浑失据,　不知天意究如何。

樱花

楼下樱花绚烂开,　白轻红暖鸟飞来。

因知物美难持久,　一日凭窗看几回。

问诸生

小区封控久居家,　未共诸君览物华。

苑内蔷薇开也未,　昨宵风雨又交加。

题醉虎图

为寻美酒下山来,　惟愿开坛醉一回。

不似人间诸老虎,　又贪美色又贪财。

花草

小区一角草如茵， 点点红花惜暮春。
我去我来都驻足， 悬知剪伐有工人。

黄山迎客松

玉屏楼畔倚苍松， 送往迎来沐雨风。
柱杖支持频接客， 龙钟犹得扮欢容。

登莲花峰二首

莲峰突兀欲撑天， 错落群山伏足前。
南望天都同一笑， 要从云外瞰人间。

莲峰绝顶与云亲， 摄影争留你我身。
任是高山更高处， 也应无计避游人。

人工增雨

不堪久旱怨天公， 焦渴人间用炮攻。
一阵甘霖何草草， 明朝依旧太阳红。

壬寅中秋

晴光耀眼微嫌热， 月色迷人只在清。
一日炎凉消受遍， 中秋滋味似人生。

工作室即景

炎蒸退却遇天阴， 雨后凉风入市深。
窗外鸟如啼大壑， 一株乌桕作山林。

壬寅年新正河边小坐

汩汩潜河水， 逶迤日夜流。
深潭融树影， 野鸭落滩头。
石黑知何世， 芦黄是一秋。
我来温旧梦， 且作小勾留。

壬寅年人日大雪

大雪纷纷下， 因风卷复斜①。

弥天皆白蝶， 无树不琼花。

吉日怜梅朵， 新春润草芽。

趁时观美景， 把酒赋尖叉。

肩疼

肩周疼不已， 自省究因何。

击键悬肱久， 烹虾拔腿多。

能摹平子赋， 休挽鲁阳戈。

苦是今生受， 先来小病魔。

寿刘学锴先生九秩华诞

善讲唐诗课， 言谈总蔼如。

专攻非止李， 合作最称余②。

高揽天边月， 深探海底珠。

期颐诚不远， 犹自著新书。

---

① 用南朝梁裴子野《咏雪》诗句。
② 李，指李商隐；余，指余恕诚。

五十五初度

五十还添五,　耽诗癖未除。

常思居有竹,　不患食无鱼。

清欲追摩诘,　狂难效仲瞿。

吟坛陪末座,　再读五车书。

戒酒

大病归来酒便捐,　尊前无复效从前。

送迎不下三千宴,　恩怨相缠数十年。

看取他人常尔汝,　免教自己又疯颠。

惟应醒眼观尘世,　那敢痴情续旧缘。

读《北峡诗词》兼贺刘彪先生百岁大寿

北峡桑榆暮染金,　风云百载葆真心。

明时屡现生花笔,　骇浪难移定海针。

气盛歌行如凤舞,　声沉格律作龙吟。

示吾咳唾成珠玉,　骥尾思陪唱古今。

题叶静先生诗词集二首

一

逗雨庐中别有天，　散文而外富诗篇。
键盘敲出风和雨，　椽笔挥成管与弦。
永葆仁心多讽喻，　常师造化乐山川。
一编在手吾尤喜，　故里烟云现眼前。

二

占得青山四望开，　须弥芥子尽诗材。
纷纭世事堪回味，　俯仰人生任剪裁。
奇语每从天外落，　佳联恰自意中来。
凌云健笔非关酒，　酒与诗情共一胎。

酷暑

久旱天无雨，　日日是高温。
禾稼枯欲死，　鸣蝉合断魂。
有风皆不爽，　有虑头昏昏。
固守空调室，　轻易不出门。
所念惟老母，　乡下住旧宅。
驱暑但摇扇，　勉强度朝夕。
三餐必自炊，　恒遭烟火炙。

附录

纵横诗话二十九则

一、诗写什么？马一浮以"诗人四志"加以统摄："一曰慕俦侣,二曰忧天下,三曰观无常,四曰乐自然。"诗的功用何在？孔子以四字括之："兴观群怨"。诗的最高标准是什么？当是"真善美"的统一。

二、周啸天说："对于当代诗词,我主张三条：一曰书写当下,二曰衔接传统,三曰诗风独到。有了书写当下、衔接传统这两条,允称小好；加上诗风独到这一条,堪称大好。"从内容、形式、风格三个方面提出要求,高屋建瓴,指出向上一路。

三、学诗当从何体开始？有人主张从古体入手,如计甫草（由云龙《定庵诗话》载）、吴闿生（《诗说》）、胡先骕（《评〈尝试集〉》）、瞿蜕园（《学诗浅说》）、徐英（《诗法通微》）等，有人主张从近体入手，如黄生（《诗麈》）、冒春荣（《葚原诗说》）、詹安泰（《无庵说诗》）、俞律（《诗海初渡》）等，皆不如日人广濑淡窗说得清楚明白："学诗之前后，童子无学之辈，先学绝句，次律诗，次古诗。若学力既备而后学诗者，则由古诗入而及律绝。若先古诗后律绝，由本及末，则顺；若先律绝后古诗，由末及本，则逆，不如事之顺。然古诗非学力不能作，故不得不先律绝，亦所谓倒行逆施也。"（《淡窗诗话》）

四、绝句正格押平声韵，第三句尾字必用仄声，以求得尾字平仄相间的效果。押仄声韵的绝句为古绝句，第三句尾字一般用平声，但也可以用仄声，如北宋文同《露香亭》"宿露蒙晓花，婀娜清香发。随风入怀袖，累日不消歇"，苏辙《遗老斋绝句》之六"久无叩门声，剥啄问何故。田中有人至，昨夜盈尺雨"，均是。因属古体，平仄本不计较。

五、"平头"作为诗病,有两义。一指"四声八病"

之一病，即五言诗第一字、第二字与第六字、第七字平仄相同，拿近体诗"粘对"的要求来说是失对。到清代，"平头"又有一义，指相邻两联开头部分语法结构相同，也叫"同头"。

六、长律起结固然难，而中间转处尤难。长律中间各联均须对仗，宜于围绕某一对象来写，一气直下，如果诗中转换对象，再起话题，则须兼顾两者，承上启下，还得用对仗句，所以难度尤大。杜甫善五言长律，诗中转折高妙自然，如《上韦左相二十韵》先写对方再写自己，至"才杰俱登用，愚蒙但隐沦"一联，上句收束颂赞对方之意，下句引出自己，此转折处最见功夫。

七、台湾诗人洛夫云："诗和禅都是一种神秘经验，但却可以从我们的日常生活中体验到。我对禅的理解是：从生活中体验到空无，又从空无中体验到活泼的生机。诗与禅都在虚虚实实之间。"此话可以拿来阐释王维的《辛夷坞》。"木末芙蓉花，山中发红萼"是"活泼的生机"，"涧户寂无人，纷纷开且落"是"空无"，一切都在"虚虚实实之间"。

八、李白《长干行》前六句："妾发初覆额，折花门前剧。郎骑竹马来，绕床弄青梅。同居长干里，两小无嫌猜。""剧"，一般注释为"嬉戏""游戏"之类，稍嫌笼统。余疑为"演戏"，演什么戏？演"过家家"的游戏。"妾""折花"扮新娘，坐于"床"上，"郎骑竹马来"娶新娘。此亦为后文作铺垫，"十四为君妇"，便真的结婚了。

九、白居易《白云泉》诗云："天平山上白云泉，云自无心水自闲。何必奔冲山下去，更添波浪向人间。"清代赵俞《溪声》诗云："结庐何日住深山，竹月松风相对闲。却笑溪声忙底事，奔流偏欲到人间。"后者从前者脱胎而来，然各有胜处。

十、刘长卿"荷笠带夕阳，青山独归远"(《送灵澈上人》)，石延年"意中流水远，愁外旧山青"(《筹笔驿》)，二诗"远"字俱有远韵，然后者不如前者。

十一、李贺诗有时颠倒主客关系，造成生新的效果：鲍照有诗模拟亡者说话，李贺反过来说"秋坟鬼唱鲍家诗"；又，本意写密集的笙声如洞庭的雨脚，却说"洞庭雨脚来吹笙";又,本是铜人离开汉宫花木而去,却说"衰兰送客咸阳道"。

十二、马一浮云:"和诗有次韵、和韵、同韵之别。次韵以原作韵脚为序,一字不可移;和韵虽用原韵,而不拘次序;同韵则但韵部相同,不必原字。唐人不用次韵,荆公、东坡、山谷始多为之。"语载《语录类编·诗学篇》。按:"唐人不用次韵"一语不确,元白之间次韵诗便不少,如元稹《戏赠乐天复言》七律,韵脚字"徂、孤、无、卢、湖",白居易《酬微之夸镜湖》七律即次元稹诗韵,元稹《重酬乐天》《再酬复言》复次前韵。

十三、宋李公麟有绝句云:"画出离筵已怆神,那堪真别渭城春。渭城柳色休相恼,西出阳关有故人。"结句改王维诗句"无"为"有",翻出新意。"渭城"二字重,可改"青青柳色休相恼"。

十四、反讽作为一种修辞格,在古今中外的文学作品中被广泛运用。《诗经·魏风·伐檀》诗句"彼君子兮,不素餐兮",以褒扬语气表示谴责之意,即是反讽。宋代李唐《题画》诗:"云里烟村雨里滩,看之容易作之难。早知不入时人眼,多买燕脂画牡丹。"后两句也是反讽。

十五、美国诗人瓦萨·米勒《何谓诗人》一文云:"凭着一首诗我们确实'永远第一次看见一切,通过最后时刻的镜头',也就是新人性的时刻。""永远第一次看见一切"与纳兰性德的"人生若只如初见"相通,也就是陌生化、新鲜感。

十六、爱伦·坡在《致B先生的信》中说:"小说赋予可感知的意象以明确的情绪,而诗所赋予的是不明确的情绪。要使意象给人的感觉不确定,音乐就成了必不可少的要素,因为我们对音乐的理解是一种不确定的概念。音乐与给人以快感的思想结合便是诗。没有思想的音乐仅仅是音乐,没有音乐的思想则是散文,因为它的情绪是明确的。"这段话可以用来解释诗词的格律。诗词的音乐美主要体现在格律方面,而格律的美感是朦胧的,它的情绪是不确定的,所以它适用于任何体裁、任何主题的诗词作品,也即诗词有了格律,就有了朦胧的美感。

十七、叔本华在《文学的美学》一文说:"我们若能看到诗人的秘密工厂,将不难发现,韵脚求思想比思想求韵脚多出十倍以上,换言之,韵脚远在思想之先的场合为多,若思想在前,而又坚决不让步,则就难以处理了。"诗词也存在"韵脚求思想"的现象,类似"为文造情"。在写作过程中,"思想求韵脚"与"韵脚求思想"交互作用,反复推敲求得和谐,看不出雕琢的痕迹便好。

十八、古人写梅子熟时的天气,有云"黄梅时节家家雨",有云"梅子黄时日日晴",有云"熟梅天气半晴阴",于此可见,诗当写自家体验,不必人云亦云。

十九、汤显祖诗云:"欲识金银气,多从黄白游。一生痴绝处,无梦到徽州。"有人不察诗意,以为后两句是赞语,拿来宣传徽州。桐城汪茂荣曰:"所谓痴者,即是迂也、不通世务也。徽州多为宦为商者,汤氏说自己一生痴绝,连做梦都不曾到徽州,实是指自己并不羡慕徽州人那样的荣华富贵。明为自嘲,实为自负。"此方是正解。

二十、郁达夫《谈诗》云:"做诗的秘诀,……我觉得有一种法子,最为巧妙。其一,是辞断意连,其二,是粗细对称。"按:辞断意连固然是,至于粗细对称,郁达夫举杜甫咏明妃一联"一去紫台连朔漠,独留青冢向黄昏",说前一句"广大无边",后一句"细小纤丽"。实际上,一粗一细、一大一小并不对称,可称"粗细对举"。在创作中,粗细一致、大小相当者更为常见。

二十一、汪曾祺说"写小说就是写语言"。仿此,可以说"写诗就是写词语"。何以云?没有足够的词汇量,便无法推敲格律,诗不雅驯,甚至茶壶里煮饺子倒不出。词汇量从哪里来?从阅读积累中来,特别要多读古籍。

二十二、陈如江《古诗指瑕》一书专门辨析古人诗之毛病,于学诗赏诗颇有助益。然该书亦有瑕疵。杨万里《闲居初夏午睡起二绝句》之一诗云:"梅子留酸软齿牙,芭蕉分绿与窗纱。日长睡起无情思,闲看儿童捉柳花。"该书《时空错乱》一篇云:"'日长睡起'承'梅子留酸'而来,时间未变,但所对映的空间却是'儿童捉柳花',初夏之际,安得复有柳花可捉?诗人之失检如此。"实乃冤枉古人。柳花春末夏初均有,古诗中也屡见不鲜,如邵亨贞《贞溪初夏六首》云"雨后深林竹笋肥,渡头风急柳花飞",陆深《初夏四首》云"入砚柳花还碍笔,扑帘槐雨欲沾衣",华兰《江乡初夏即景》云"细雨新晴斜日好,柳花桥畔卖鲥鱼"。于此可见体物不可不细,断语不可不慎。

二十三、人工智能作诗,虽合律,却作不出好诗。《蕖华》五绝云:"一片秋霜叶,纷飞满地红。莫愁家万里,只在月明中。"四句与荷花了不相干。"莫愁家万里,只在月明中"却碰上天然好句,可写入月夜思乡诗中。

二十四、吾常云"欲写新诗先学旧诗",学旧诗什么呢?一是形象的描写和意境的营造,二是语言简洁含蓄,三是节奏感和音乐美。一般来说,不接受旧体诗的熏陶自由体新诗也写不好。

二十五、吾论诗有六字标准曰:合律、通顺、有味。二字标准曰:自得。一字标准曰:美。

二十六、新词入诗，不隔为佳。杨逸明诗句"小楼停泊烟云里，零距离听春雨声"之"零距离"、"梦好难追罗曼蒂，情深可上吉尼斯"之"吉尼斯"便不隔。

二十七、钱锺书论李长吉诗中比喻的曲折，有云："长吉乃往往以一端相似，推而及之于初不相似之他端……如《天上谣》云：'银浦流云学水声。'云可比水，皆流动故，此外无似处；而一入长吉笔下，则云如水流，亦如水之流而有声矣。"（《谈艺录》）是即顺着比喻往下想。杨逸明词句"岁月长河小岛多，往事波间耸"，岁月如长河，是现成的比喻，往事如河中小岛耸立波间，则是顺着长河的比喻往下想，故妙。

二十八、陶武先《庐山》诗："层峦叠翠雾萦峰，洞府丛林道不同。要识匡庐真面目，还须出入此山中。"步苏轼《题西林壁》诗韵而能翻出新意，颇为难得。

二十九、余作《冬柳》绝句云："黄叶半凋零，风中舞未停。萧萧仍有态，不见客垂青。""风中"初作"风来"，安徽岳西王业记建议改"风中"，不是诗家焉得体会如此微妙差别？王业记诗甚佳，著有《听雨庐诗词》等。

后记

在这里,我简单交代一下我与诗的因缘,便于读者诸君对我的了解。

我于1987年考入安徽师范大学中文系,本校有个"江南诗社",写诗的风气很盛,我也开始了自由体新诗的写作。1991年,我考入南京大学中文系读研究生,学中国现当代文学。1994年回母校任教,所教课程主要也是中国现当代文学。2003年,安徽师范大学中国诗学研究中心主任余恕诚先生嘱我为当代作家王蒙的《绘图本王蒙旧体诗集》写一篇评论。这是一个机缘,为完成任务,我开始读旧体诗,慢慢爱上了旧体诗词,大约于2006年开始学写诗词,如闻一多所说的"勒马回缰作旧诗",但我亦如臧克家所说的"我是一个两面派,新诗旧诗我都爱"。就我自己的诗词来说，多少有些新诗的影响，从另一个角度来说则是诗词不够纯正。2008年，我加入芜湖诗词学会，与能诗者交往渐多，得到刘彪、方竼、吴季华、胡炳生等老先生的帮助与鼓励，特别是得到安徽师范大学文学院祖保泉教授、孙文光教授的指教，获益良多。同时，也得到省内外的刘征、周啸天、王业记、刘梦芙诸位先生的指点，使我能够认识到自身的缺陷和不足。吴孟复先生曾说"自学可以成才，而无师不能自通"，如果说我的诗词写作尚有起色的话，都与以上诸位先生的指教与帮助密不可分，我也认识到诗之博大与精微，诗道之无穷。2016年，我开始在文学院讲授诗词写作方面的课程。自2017年始，芜湖诗词学会会长周正环先生让我担任会刊《滴翠诗丛》的执行主编，从此读诗、写诗、编诗、讲诗、评诗，忙得不亦乐乎。

今年暑假前，承蒙安徽师范大学中国诗学研究中心主任胡传志教授厚爱，将我的诗词编入诗学中心的丛书出版，因自觉像样的作品少之又少，在感激的同时我又不胜惶恐。现将2006年以来的作品稍加整理，删去大半，得诗词400多首，内容包括风景、时事、文艺、杂感等等，大抵是社会之观感，人生之面影。

按年份编排，一年之内的作品，先为绝句，次为律诗，次为古诗，最后为词。又从日记中摘录有关诗词的片言只语，表明我对诗词的一些看法，题为"纵横诗话"附录于后。作品集取名"石桥"，有两层意思：一者，我的老家在安徽省岳西县水畈村石桥组，集子里有一首绝句即为《石桥》，表示不忘根本的纪念意义；二者，桥通往彼岸，渴望今后在诗词的写作上还能走得更远，达到新的境界。

2022 年 9 月 28 日